U0133480

满族口头遗产传统说部丛书

# 恩切布库

富育光 讲述

王慧新 整理

吉林人民出版社

**图书在版编目（CIP）数据**

恩切布库 / 富育光讲述；王慧新整理 . -- 长春：
吉林人民出版社, 2019.5
（满族口头遗产传统说部丛书）
ISBN 978-7-206-16908-3

Ⅰ.①恩… Ⅱ.①富… ②王… Ⅲ.①满族—民间故
事—中国 Ⅳ.① I277.3

中国版本图书馆 CIP 数据核字（2019）第 293270 号


出 品 人：常　宏
产品总监：赵　岩
统　　筹：陆　雨　李相梅
责任编辑：强润润　王　丹
助理编辑：高铁军
装帧设计：赵　谦


# 恩切布库
ENQIEBUKU

讲　述：富育光　　　　　　整　　理：王慧新
出版发行：吉林人民出版社（长春市人民大街 7548 号　邮政编码：130022）
咨询电话：0431-85378007
印　　刷：吉林省优视印务有限公司
开　　本：720mm×1000mm　　1/16
印　　张：10.25　　　　　字　　数：160 千字
标准书号：ISBN 978-7-206-16908-3
版　　次：2019 年 5 月第 1 版　　印　　次：2019 年 5 月第 1 次印刷
定　　价：40.00 元

如发现印装质量问题,影响阅读,请与出版社联系调换。

# 出 版 说 明

满族口头遗产传统说部是具有较高社会价值和文化价值的满族文化的百科全书。整理发掘满族说部的项目工作被文化部列为中国民族民间文化保护工作试点项目，并被国务院批准列入第一批国家级非物质文化遗产名录。

"满族口头遗产传统说部丛书"是千百年来满族各氏族对祖先英雄事迹和生存经验的传述，一代一代口耳相传，保留下来的珍贵的满族遗存资料。经过近三十年抢救整理，从二〇〇七年到二〇一七年的十年间，根据整理文本的先后，我社分四次陆续出版了五十部说部和三本研究专著。此套丛书无论从社会价值和文化价值来看，都是一套极具资料性、科研性和阅读性融为一体的满族文化的百科全书。

此次出版对以下两个方面做了调整：

一、在听取各方专家建议的基础上，对原丛书进行了筛选，选取最有价值、最有代表性的四十三部说部，删去原版本中与文本关系不紧密的彩插，对文本做了大幅的编辑校订，统一采用章回体表述方式，并按照内容分为讲述萨满史诗的"窝车库乌勒本"、讲述家族内英雄人物的"包衣乌勒本"、讲述英雄和历史人物的"巴图鲁乌勒本"、讲述说唱故事的"给孙乌春乌勒本"等，突出了说部的版本特色。

二、保留研究专著《满族说部乌勒本概论》，作为本丛书的引领，新增考古发掘的图片和口述整理的手稿彩色影印件。

特此说明。

吉林人民出版社

# 编　委　会

# 序

潘鲁生

　　任何民族的文学都包括两大部分。一是个人用文字创作的、以书面传播的文学，一是民间集体口头创作的、口口相传的文学。后一部分文学是前一部分文学的源头，是根性的文学。中国作为东方文明的古国，口头文学的历史去之遥远。就像西方文学始于古希腊罗马的神话故事，我国文学史上第一部作品是《诗经》，即民间口头文学集，这表明口头文学是一个民族文学的源头。在漫长的历史中，这两部分文学一直同根并存，相互滋育，各自发展，共同构成一个民族文化与精神的极为重要的支撑。

　　中华民族有着巨大文学想象力和原创力。数千年间，各族人民以口头文学作为自己精神理想和生活情感最喜爱和最擅长的表达方式，创作出海量和样式纷繁的民间文学。口头文学包括史诗、神话、故事、传说、歌谣、谚语、谜语、笑话、俗语等。数千年来，像缤纷灿烂的花覆盖山河大地；如同一种神奇的文化的空气在我们的生活中无所不在；且代代相传，口口相传，直到今天。

　　我们的一代代先人就用这种文学方式来传承精神，表达爱憎，教育后代，传播知识，娱悦生活，抚慰心灵；农谚指导我们生产，故事教给我们做人，神话传说是节日的精神核心，史诗记录文字诞生前民族史的源头。它最鲜明和最直接地表现中华民族的精神向往、人间追求、道德准则和价值取向。中国人的气质、智慧、审美、灵气、想象力和创造力，充分彰显在这种口头的文学创造中。

　　这种无形地流动在民众口头间的口头文学，本来就是生生灭灭的。在社会转型期间，很容易被忽略，从而流失。

满族口头遗产传统说部丛书　序

特别是在这个现代化、城市化飞速推进的信息时代，前一个历史阶段的文明必定要瓦解。口头文学是最脆弱、最易消亡。一个传说不管多么美丽，只要没人再说，转瞬即逝，而且消失得不知不觉和无影无踪，所以联合国教科文组织把口头传统和表现形式，包括作为非物质文化遗产媒介的语言列为非物质文化遗产之一。

在中国，有史诗留存的民族并不很多，此前发现的有藏族史诗《格萨尔王传》、蒙古族史诗《江格尔》、柯尔克孜族史诗《玛纳斯》、苗族史诗《亚鲁王》。作为满族民族历史和文化传统的重要载体——"说部"，是满族及其先民世代相传的极其宝贵的精神财富。它最初用"乌勒本"（满语 ulabun，为传或传记之意）指称，后受汉文化影响，改称为"说部"或"满族书""英雄传"。说部最初用满语讲述，至清末满语渐废，改用汉语并夹杂一些满语讲述。在漫长的历史进程中，满族各氏族都凝结和积累了精彩的"乌勒本"传本，如数家珍，口耳相传，代代承袭，保有民族的、地域的、传统的、原生的形态，从未形成完整的文本，是民间的口碑文学。"满族说部迥异于其他文类，不仅涵盖了口头传统，也吸纳了民俗学中多种民间文艺样式，包容性极强。"

我以为，对于无形地保留在人们记忆与口口相传中的口头文学，抢救比研究更重要。它是当下"非遗"工作的重中之重，要清醒地认识到文化和文明于人类的意义。当社会过于功利的时候，文化良知就要成为强音，专家学者要在抢救非物质文化遗产中勇于承担责任，走进民间帮助艺人传承与弘扬民间艺术，这也是知识分子的时代担当。

让人感到欣喜的是，经过吉林省的专家学者近三十年的抢救、发掘和整理，在保持满族传统说部的原创性、科学性、真实性，保持讲述人的讲述风格、特点，保持口述史的原汁原味的基础上，将巨量的无形的动态的口头存在，转化为确定的文本。作为"人类表达文化之根"的满族说部，受东北地域与多族群文化的影响，内容庞杂，传承至今已逾千万字。此次出版的《满族口头遗产传统说部丛书》为四十三部说部和一本概论。"说部"分为讲述萨满史诗的"窝车库乌勒本"、讲述家族内英雄人物的"包衣乌勒本"、讲述英雄和历史人物的"巴图鲁乌勒本"、讲述说唱故事的"给孙乌春乌勒本"四大部分。概论作为全套丛书的引领，从学术研究的角度对乌勒本产生的历史渊源、民族文化融合对其的影响、发展和抢救历程等多方面深入思考。

多年来"非遗"的抢救、保护、研究和弘扬，已取得卓越的成就。但未来的路途依然艰辛漫长，要做的事情无穷无尽。像口头文学这样的文化遗产的整理和出版，无法立即带来什么经济利益，反而需要巨大的投资和默默无闻的付出，能在这个物质时代坚守下来，格外困难。

文化传统和传统文化不是一个概念，我们的终极目的不是保护传统文化，而是传承文化传统。传统文化是固定的、已有既定形态的东西。我们所以要保护它，是因为这些文化里的精神在新时代应以传承，让我们的文化身份不会在国际资本背景下慢慢失落。

现在常把文化自觉与文化自信并提，这两个概念密切相关同时又有各自的内涵。文化自觉是真正认识到文化的重要性和自觉地承担；文化自信的关键是确实懂得中华文化所具有的高度和在人类文明中的价值。否则自信由何而来？

对传统文化的抢救与整理，不仅是为了传承，更为了弘扬。我们的民族渴望复兴，复兴的重要精神支撑在我们的传统和文化里，让我们担负起历史使命，让传统与文化为民族的伟大复兴发挥它无穷的力量。

冯骥才

二〇一九年五月

# 目录

第八章

# 《恩切布库》传承概述

王慧新

一九六六年春天，富育光先生的父亲富希陆老人由故乡黑龙江来长春看望儿子，应富育光及其朋友贾殿清、王治花之邀，讲唱满族传统故事，其中，就包括脍炙人口的《恩切布库》。这是一篇动人心弦的长篇叙事诗，在北方赢得各族人民的喜爱。后来在长春该长篇叙事诗又深得著名的散文家贾殿清和小说家王治花等人的称赞，他们一字一句地记录，认为是中国北方难得听到的民间史诗。其实，满族传统说部《恩切布库》长篇叙事诗早在富育光先生的童年时代就曾在自己的故乡爱辉县大五家子村多次听奶奶郭霍洛·美容、母亲郭霍洛·景霞给他的弟弟妹妹们讲过。恩切布库美丽的姿容、聪慧的头脑、勇敢的性格，成为满族及其先世女真人精神的向往和美的象征。人人爱听恩切布库，人人爱讲恩切布库，听了恩切布库就增加无穷的欢乐和智慧，并从中得到信心和力量。所以，在富育光先生的童年记忆里，打下了深深的烙印。在他大学毕业，投入新闻工作后，总是向他的朋友和满族兄弟们传讲恩切布库。临江的贾殿清先生和通化的王治花先生，由此都成为满族传统说部恩切布库的痴迷者和咏唱者，恰逢这次富希陆老人到长春，他们闻讯后，兴奋地专程来长春拜访老人，以能亲耳聆听到老人的讲唱为快。

据富育光先生介绍，自他懂事起，满族传统说部《恩切布库》，就在其家乡黑龙江省孙吴县四季屯、霍尔莫津、大桦树林子、小桦树林子等满族聚居区广为流传，家喻户晓，人人咏唱。在他的记忆里，当时讲唱《恩切布库》的是氏族德高望重的萨满或氏族众位奶奶和玛发，并有七八位年轻貌美的萨里甘居，脚蹬金丝白底寸子鞋，身穿彩蝶翩飞的红绸旗袍，脖围白绢丝长彩带，手拿小花香扇，头戴镶有金色菊花、缀有红绒长珠穗的京头，翩翩伴舞，倍增《恩切布库》之诱人美妙之处，使人陶醉。《恩切布库》说部故事最初的传播发源地是在萨哈连乌拉（即黑龙江）以北精奇里江（即俄国结雅河）一带，至今已有数百余年的传承历史，可能远传自辽金时代，并在女真后裔即满族诸姓中传讲，并得到不断地充实、丰富、发展和完善，从而形成现在这样的文学结构形式。据老人讲，最早讲唱完全是满语满歌，而且有优美高亢的声腔曲调。正因独具这一艺术特点和魅力，使其在族众中产生强烈的影响，便于记忆和传播，为广大族众所接受，成为满族及其相邻民族如鄂伦春、鄂温克、赫哲、达斡尔等须臾难以离弃的生活余兴。

本说部《恩切布库》唱本出自黑龙江省孙吴县四季屯满族农民白蒙元，外号"白蒙古"之口。白蒙元，满洲正白旗人，祖籍黑龙江以北江东六十四屯的桦树林屯。清光绪二十六年（一九〇〇年）庚子俄难，白蒙元父母及兄妹惨死，他只身一人逃过江来，同族父老可怜他幼小无靠，带到四季屯安家落户，靠给地主卖苦工度日，穷困潦倒，终身未婚。他为人豪爽，喜酒好唱，嗓音甜美，能吟唱众多满族的民谣小调和讲述数不清的满族神话故事。他一生中除了在田间劳作或有病卧炕不起之外，剩下的时间都在自己的茅草房中、黑龙江边、兴安岭密林中，边喝酒，边烧烤鱼干、兔肉、野鸡、鹌鹑等，弹着自己用桦木和狍筋做的琴，边喝边唱，所以在当地有不少人除叫他"白蒙古"外，还叫他"疯阿古"。白蒙元讲唱此说部时是在一九四〇年前后，正是日伪时期，富育光先生的父亲富希陆老人是该村的小学教员。此说部由富希陆老人记录下来，并保存至今。

白蒙元在黑龙江一次发大水的时候，到地窨子里去给扛活的主家寻找刚下过牛犊的母牛和牛崽，赶牛回来的路上，母牛不听话，在遍野的水中跑着护崽，"疯阿古"不小心掉进沟塘，七八天后才被村里人发现，死时六十多岁。

# 第一章　序　　歌

我十九岁初夏突染疾得病，
病中恍惚见一神女来到面前，
沉疴痊愈，
神贯周身，
霎乎一夜而授徒继智。
　　　我受神命成为全族的萨满，
　　　得到尊贵的依尔呼兰太奶
　　　——第九世大萨满的
　　　热心训教，
　　　耳提面命。
在依尔呼兰太奶的昂阿①中，
在安班②卡班③玛发④的弹唱里，
知晓了一桩奇妙的红柱神话，
这便是恩切布库阿林的故事。
恩切布库妈妈的故事，
　　　我熟记在心；
恩切布库妈妈的英名，
　　　我没齿难忘。
时光如流水。
现在我已满头白发，
胸前长髯如雪，

---

① 昂阿：满语，嘴。
② 安班：满语，大。
③ 卡班：满语，智慧、聪明。
④ 玛发：满语，爷爷。

在神前效力

　　已足足七十有八年。

恩切布库妈妈的故事，

我也传讲了七十八年之久。

然而，这与阿布卡赫赫

　　与恶魔耶鲁里决斗、

　　开天辟地的时间相比，

是何等的

　　短暂渺小，

　　微不足道。

因此，我便更加谨言慎行，

　　发扬光大神意。

恩切布库妈妈的故事

　　已传讲了数百余年，

她是萨哈连黑水女真人

　　家喻户晓的尊贵的女神。

我要虔诚刻记，

　　尽心思索，

　　认真讲唱，

　　不负神望。


德乌咧——

我的神歌神话

　　来自哪里？

它来自东海堪扎阿林火山的最底层。

德乌咧——

我的神歌神话

　　是谁传诵？

它发自东海堪扎阿林火山地母神的心声。

德乌咧——

我的神歌神话

　　是谁传授？

催动我的酣梦，
令我睿智聪明。
德乌咧——
我的神歌神话
　　为何波涛汹涌，
　　久诵不竭？
是它赐降天河之水，
冲开我冥顽不化的
　　记忆闸门，
照穿几千年前的
　　往事积尘。
回到数千年前的
　　时光洞穴，
追寻几个世纪前的
　　生命之路，
认识我们尊贵的女神
　　——恩切布库妈妈，
洞晓她的
　　神迹和阅历。
下面，我就正式逐段地讲述
　　"天宫大战"里的
　　　　"恩切布库女神"。

# 第二章 火山之歌

德乌咧——　德乌咧——
在这甜蜜的阖族圣节啊！
在这吉祥的腊月良宵啊！
阿布卡赫赫的子孙们，
欢欣雀跃，
激情澎湃。
我们敲起
　　　咚咚的神鼓，
我们拍响
　　　恰恰的神板，
敬献上一堆堆
　　　嫩藕、鸡脯、鹅干，
敬献上一筐筐
　　　鱼虾、珍珠、山果，
敬献上一挂挂
　　　鹿肉、熊掌、犴鼻，
敬献上一簇簇
　　　鲜花、珊瑚、海葵。
我们向昊天宣诉，
我们向流云倾吐。
无依无靠的旷原野民啊，
享得今朝的安逸，
　　　是阿布卡赫赫的恩赐，
　　　是巴那吉额莫的惠顾。
岭南岭北，

林莽溪滨，
翠原幽谷，
榛舍藤帐。
会聚着老老幼幼，
　　裸男裸女。
剽悍的肌肉，
强健的筋躯，
从长发到双脚，
袒露竞美，
　　黑透红，
　　红透黑，
唯有柳叶腰裙里
　　藏匿的神物，
　　安然自息。
老老幼幼的野人们，
狂呼惊喊，
跪拜在山岗水滩，
　　松谷林莽。
望祭恩切布库阿林的烽烟，
缅怀创世女神辉煌的勋业，
铭刻恩切布库妈妈
　　海一样的胸襟和深情，
虔诚地迎请
　　我们的神母
　　——恩切布库女神和众神灵，
　　降临我们的神堂，
　　跟阖族们一起
　　共享那北海千斤的冬鱼宴。
恩切布库阿林，
　　屹立在东海之滨。
多少美丽的神话，
　　传自恩切布库阿林。
恩切布库阿林，

东海最远古的信使和证神。
她亿万年前的岩熔，
她亿万年后的雾霭，
倾诉着亿万年前的往事，
诉说着亘古的故事……


德乌咧——　德乌咧——
在祖先的
　　祖先的
　　　　岁月，
在远祖的
　　远祖的
　　　　时光，
在天地尚处
　　混沌未开之际，
在万牲还像
　　水泡中的僵虫之时，
在堪扎阿林坎坷古道之端，
在恩切布库阿林山巅之间，
在高耸的云天之上，
有一束光焰溢射的
　　柱天红烛。
那是闻名遐迩的"纽浑托林"，
　　俗称"苍天上的火浆"。
它是一座凶啸壮伟的
　　古老火山，
它是恩切布库女神
　　跳动的心脏。
老态龙钟，
长寿千年，
烟尘滚滚，
火光逆射，

代代不熄，
融热阔野。
岩浆高蹿百里，
漫遍峻崖恶谷。
融雪腾雾，
万牲遗骨。
天旋地转，
日月星移。
突然有一天，
一声擎天的惊雷，
刺鼻的硫酸恶气
　　廓清了；
通天的红柱
　　悄然偃息了；
咆哮的岩流
　　泰然冷固了；
猛张深渊巨口的
　　恩切布库阿林，
　　不再喷发火焰；
披满荒岩怪石的
　　恩切布库阿林，
　　不再发烫。
恩切布库阿林
　　从此换上
　　　和蔼的禀赋，
　　　慈祥的容颜，
　　　宁静安详，
　　　落落大方。


德乌咧——　德乌咧——
又经过不知多少个年代，
乾坤重转，

大地回春。
恩切布库阿林
　　重焕英姿；
恩切布库阿林
　　娇秀欲滴；
恩切布库阿林
　　丰妆百媚；
恩切布库阿林
　　日渐壮美。

百花盛开，
麋鹿驰叫，
百鸟喧鸣，
骏马欢跃，
点缀着神女
　　美妙的花袄。

山富鱼果，
海产白盐，
苍松翠柏，
蝶舞莺啼，
打扮着神女
　　俊俏的容貌。

这是恩切布库女神的骄傲，
这是恩切布库女神的荣耀。
她的魂灵给大地带来暖流，
她的魂灵给生命带来欢笑。

恩切布库女神
　　安卧在东海之滨，
她把所有生命
　　收拢到自己怀抱。

恩切布库阿林
　　再不寂寞，
恩切布库阿林
　　再不荒芜，

恩切布库阿林
　　再不恐惧，
恩切布库阿林
　　再不像死亡的坟墓。
恶魔耶鲁里
　　望而却步，
幸福的喜神
　　永远陪伴在她身旁！

# 第三章　光耀的经历

德乌咧——　　德乌咧——

在那远古洪荒的年代，

在刚刚有宇宙、天穹的时候，

洪水泛滥，

万牲挣扎。

天母阿布卡赫赫

　　为拯救人类，

　　　同恶魔耶鲁里一决雌雄。

恶魔耶鲁里

　　没有人的心肝，

不晓得怜爱与善良。

他满腹奸诈、卑劣，

他满腹冷酷、残恶。

他喷出黑风、乌水，

将太阳的光辉遮掩。

白昼瞬间消失，

穹宇黑漆一片，

江河无处宣泄，

生物无法繁衍。

阿布卡赫赫

　　被耶鲁里的黑风

　　迷住了双眼，

　　　双目涟涟。

耶鲁里踌躇满志，

　　得意洋洋，

疯狂咆哮，
　　冲了过来，
妄想挥撒罗天大网，
　　罩困死阿布卡赫赫，
让天庭再无匹敌，
让寰宇再无强悍，
让慈爱再无临降，
让世间再无温暖。
幻想统御天母宝座，
渴求执掌乾坤大权。
他释放的黑风乌水，
　　　射向天母，
蹂躏着天母
　　善良的心田和芳香的肌体。
阿布卡赫赫的光辉，
　　虽像熊焰千卷，
　　虽像烈火万团，
　　却抵御不住
　　耶鲁里亿万年的
　　　　地狱恶寒。
天云中的阿布卡赫赫
　　痛得周身慑栗。
汗珠像河流一样
　　洒向大地，
　　洒向高山，
　　洒向峡谷，
　　洒向平川。
在这万分危急时刻，
随着"轰隆隆"一阵鸣响，
地上升起一个土丘。
土丘越升越高，
　　越升越高，
　　高过千丈，

高过万仞，
霎时一座高山
直插云巅。
突然，一声惊雷震撼，
山尖上喷出了火焰。
火焰光芒万丈，
照亮天边。
大地重见光明，
万牲享得平安。
耶鲁里被这突来的烈焰
烧得焦头烂额，
猖狂逃窜，
溜回地下。
他再不能贻害万物，
他再不能兴妖作乱。


德乌咧——　德乌咧——
阿布卡赫赫的光焰
从大地上凝聚，
翻腾的光焰和白气，
在天空中翻滚浓缩，
白变青，
青变黄，
黄变红，
红变紫，
紫变蓝，
蓝变橙，
橙变绿，
七色祥光凝结成
寰宇中的白光。
瞬间，顶天立地的白光，
化成一位头顶蓝天

脚踏大地
金光闪耀
美貌无比的
裸体女神。
她就是
天母阿布卡赫赫的侍女
——恩切布库女神。
人们为了纪念这位
美丽而无畏的女神，
把这座雄伟的火山
起名叫恩切布库阿林，
世代传讲着
它神秘的传说……


德乌咧—— 德乌咧——
时光流逝数万年，
披着霞帔，
骑着风骥，
与众神女周游于
九天云浪中的
天母阿布卡赫赫，
在天籁之音中，
观赏众神女的九霞神舞。
心情陶醉，
嬉笑于怀，
眼见簇拥在自己周围的众神，
天母阿布卡赫赫
想起了万年前
朝夕陪伴自己的
忠诚侍女。
她为天母而生，
她为天母而死，

她永世困居于地心烈焰之中，
她万载不眠地
　　监守着恶魔耶鲁里的猖獗。
这位非凡的女神，
　　就是美丽而善良的恩切布库。


德乌咧——　德乌咧——
怎样才能让世人
　　代代铭记这位伟大的女神？
怎样才能让世人
　　代代传讲这位女神的勋业？
只有萨满最有这个机遇，
只有萨满最有这个智慧，
只有萨满最有这个才能，
也只有萨满最有这个威望。


德乌咧——　德乌咧——
阿布卡赫赫想得对，
只有萨满能够领会
　　阿布卡赫赫的心意，
只有萨满才有如此
　　高尚仁爱的心肠。
她们有金子一般的巧舌，
她们有百灵一样的歌喉。
于是，恩切布库女神的故事
　　在历代萨满中
　　传讲开来，
　　流传至今。


德乌咧——　德乌咧——
在那遥远的时日，

在那荒芜的年代，
人们不懂得"阿尼牙"① 是什么？
　　不会用"比牙"② 来记时光，
更不知道自己叫"尼牙玛"③ 。
人们对所见所闻，
　　所遇所得，
　　一切一切，
　　所有所有，
都不知是怎么回事。
每个"尼牙玛"之间
　　那么生疏，
每个人的模样
　　那么新奇。
但总还是同类，
凑在一起才发现：
　　都有一个黑大长毛裹着的
　　　　有眼鼻耳舌口的头，
　　都有一个宽宽的脊梁膀，
　　　　悠荡着的两只又大又粗的巨手，
　　都有一个像肉柱般的硕大股臀，
　　　　支撑着的两条粗树般的长腿，
　　但有的下身
　　　　垂挺着苍毛绒绒的交媾柱，
　　有的下身
　　　　却是一条黑绒遮盖着的溺溲口，
相互窥测，
惊讶而称奇。


德乌咧—— 德乌咧——

---

① 阿尼牙：满语，年。
② 比牙：满语，月。
③ 尼牙玛：满语，人。

荒蛮与恐惧，
饥饿与暴渴，
掠抢与窃有，
生存与坎坷，
使这群手舞足蹈，
　　扭腰荡乳，
　　咿呀怪叫的同类，
　　像黄蜂，像蝼蚁，
　　像乌鹊，像通灵的神猿，
　　一群群，
　　一伙伙，
　　相聚相拥，
　　苦度时光。
猛兽、凶禽、
地动、山摇，
洪涛、山火、
病魔、风暴，
使这些同类懂得了活的道理：
只有相亲，
　　相爱，
　　相助，
才能够生存，
才能够立足，
才能够伫立世间，
才能够不被异己所征服。


德乌咧——　德乌咧——
有这样一群同类，
他们有发达的四肢，
　　精灵的大脑，
远强过稚幼的乌鹊，
　　虚空的蝼蚁。

阿布卡赫赫赐予他们的智商
　　可化解穹宇的神力，
无难不开，
无困不解，
大聪大智，
大谋大勇。
这是宇宙间一群
　　奇特的同类。
他们是主宰万牲的同类，
他们是驱役万界的同类，
他们是控管百界的同类，
他们是繁生世代的同类。
阿布卡赫赫赋予他们
　　一个圣洁的名字
　　——人类。


德乌咧——　德乌咧——
阿布卡赫赫
　　赐给人两宗宝
　　——互助和火。
人掌握的第一宗宝是
　　——互助。
俗话讲：
滴水不成泉，
单枝不成林。
脆弱的同类，
合抱方可无敌。
不能以强凌弱，
不可以大欺小，
不能以熟欺生，
不应以智欺愚。
要懂得同心，

要懂得忍让，
要懂得理解，
要懂得相帮。
遇到双倍的艰难
　　　也不可相互妒杀。
残害同类，
欺凌同类，
　　　就在残害自己，
　　　就在欺凌自己，
　　　就必走自绝之路。
弄懂这个道理，
人类就会强壮，
人类就会兴旺，
人类就会所向披靡，
无任何力量可阻挡。


德乌咧——　　德乌咧——
人掌握的第二宗宝是
　　　——火。
火——
　　　生存的韶光，
火——
　　　生命的希望。
火——
　　　使人傲立群牲，
火——
　　　使人开创光明的坦程，
　　　建树不凡勋业。
人若不懂得火，
形同百兽无异，
甚而不如虫蛔。
人与百牲百虫同栖世上，

一无百兽之能，
二无百禽之捷。
苦栖洞窟，
湿寒侵袭。
食物匮乏，
生食乱尝。
惨悲柔弱，
数年夭亡。
人认识了火，
才真正成为大地上的长户，
有稳固的立锥之地，
主宰世界。
可怜得很！
这两件小小的法宝，
是人类经过几百万年，
从生命中获取的代价。


德乌咧——　德乌咧——
当阿布卡赫赫
　　将生命赐降大地之时，
当拖亚拉哈女神
——驱寒之火，
　　逐邪之火，
　　惊兽之火，
　　生存之火，
永驻人世之时，
当人类和拖亚拉哈女神
　　世代相依为命之时，
当生命之火
　　与人类朝夕共存之时，
宇宙比任何时候
　　都更加活跃而有生气。

人们再不用啃食生禽，
　　再不怕严寒冬雪，
　　　再不惧瑟瑟栗栗的北风，
　　　　再不为皮肤没有包裹而愁烦。
篝火烘烘可见，
茅棚蓬蓬可寻，
生活有滋有味，
恩爱幸福绵长。


德乌咧——　德乌咧——
百树日夜竞长，
百流日夜竞鸣。
人的欲念永无停止，
饱暖思欲，
尝鲜思蜜。
时间久长，
遗忘修身束己。
自私成了通弊，
贪欲占了上风。
　　拈尖取巧，
　　尔虞我诈，
　　侮弱怕强，
　　大地骤变，
　　无情冷酷，
　　严峻凶残。


德乌咧——　德乌咧——
互助的心歌渐被遗忘，
互助的心声渐被冷寂。
拖亚拉哈女神
　　含恨离去，

大地重又变得
　　寒苦凄凄。
孤贫窃据凡间，
互助远离人世。
聪明的人，
善良的人，
果敢的人，
无敌的人，
重又退缩成往昔的
　　渺小怯懦，
　　卑秽愚钝。
成为世间
　　最软弱、无能、可怜的生命。
再战胜不了百兽的强食，
再战胜不了恶魔的蹂躏，
再战胜不了疾病的折磨，
再战胜不了生存的艰辛。
可怜的人群啊，
　　被荒原吞噬，
　　消散四野，
　　人迹越加稀少。


德乌咧——　　德乌咧——
在弱肉强食的严酷时光里，
人是最渺小的。
可怜的是，
人并没认识孤立无援的悲哀，
并没认识助人便是利己的真谛。
不知道团结互助贵如生命，
不知道协力闯出困境的欢悦。
由于人类不懂互助，
由于人类不懂对火种的

生燃、守护与传播，
使恶魔耶鲁里遇到了可乘之机。
他从九层地下悄悄爬了出来，
无休止地抛下连绵阴雨，
平和的大地、沟谷，
　　小溪、丘陵，
　　不见踪影，
遍地化成波涛汹涌的巨川，
一场劫难降临世上。
百兽、百禽、百虫
　　纷纷逃遁，
　　各自寻找存身之所。
唯有瘦弱可怜的人儿啊，
　　无力迅跑，
　　不会飞翔，
　　不学土遁，
　　不懂变术，
　　不知所措，
　　悲怆呼号，
　　终成耶鲁里
　　　　阴雨狂涛中的
　　　　　　漂浮物。


德乌咧——　　德乌咧——
阿布卡赫赫
　　得悉哭拜求祈人们遭受的祸殃，
大发怜爱之心，
急切欲派侍神
　　拯救那些可怜的众生。
可是，
派谁最合适且又最好呢？
阿布卡赫赫费尽心机，

想啊想，
她想到了
　　万年前忠诚侍女
　　——恩切布库。
恩切布库
　　有悯人的心肠，
恩切布库
　　有豹子的凶悍，
恩切布库
　　有雷霆的猛力，
恩切布库
　　有闪电的迅捷。
众魔最惧她的奇智，
众神最服她的神能。
她受到千神万神的拥爱，
她受到千魔万魔的仇怨。
必须让恩切布库
　　离开熊熊燃烧的地焰，
　　重新哺吸清新的阔野之气，
　　重睹阳光、皓月、蓝天，
　　重闻鸟鸣、兽吼、虫叽，
　　重赏碧草、绿荫、白岩，
　　重蹈流溪、苇塘、沙滩。
只有恩切布库重返世间，
　　重新释发往昔的神威，
　　天空才清澈湛蓝，
　　四海才涌现碧波，
　　大地才重返静谧，
　　人类才永享安康。
阿布卡赫赫梦幻
　　自己的爱女
蹿地而出，
天母神女重得相逢，

同享伏魔的欢乐，
饱尝人间的温暖。


德乌咧——　德乌咧——
阿布卡赫赫
　　唤来侍女嘎思哈
　　——白鹊女神，
给她奇幻的使命：
"嘎思哈，
　　你有震撼天地的喉咙，
　　你有飞翔百日的耐力。
　　你的鸣叫可声传地心，
　　你的翎羽不怕地火烧袭。
　　凶残的耶鲁里纵有九臂九头，
　　也无法掩遮你的神鸣。
　　纵使你赴汤蹈火，
　　骨羽焚飞，
　　永离神界，
　　也必将唤出你的神姐
　　——恩切布库。
　　这是我对你的求告和拜托。"


德乌咧——　德乌咧——
白鹊女神慨然受命，
毅然冲上神霄，
不顾命地奔向
　　东海之滨，
飞临恩切布库
　　沉睡的火山
　　——恩切布库阿林。
白鹊女神高声呼唤：

"恩切布库！

　　　恩切布库！"

神鹊有着

　　　通天通地的力量。

它的鸣叫

　　　有千钧万钧之力，

它的鸣叫

　　　有千辉万辉之威。

它的鸣叫

　　　能穿过百层的蓝天，

它的鸣叫

　　　能射透千层的大地。

耶鲁里被这声光震慑，

　　　仓皇逃进地心。


德乌咧——　德乌咧——

恩切布库阿林的地层在松动，

恩切布库女神的魂魄在聆听。

神鹊站在恩切布库阿林高巅

　　　的松干之上，

传告着恩切布库：

"恩切布库姐姐，

　　　我奉天母之命

　　　　　令你重返宇内。

　　恩切布库姐姐，

　　你万年前的体魄

　　　　虽被耶鲁里魔光吞噬，

　　但你不必担心，

　　当春雷、春风、春雨普降之时，

　　你的魂魄仍可随地心的

　　　　水、光、气同时升腾。

　　通过山梨树

蓬松柔软的树根，
　　渗入树中，
与山梨树的嫩芽、花蕾
　　一起复苏而新生。
到那时辰，
山梨树的花苞中就会
　　　绽露出你的人形。
山梨树的花秸，
山梨树的香蕊，
山梨树的嫩茎，
会给你重新塑造一个身影，
依然是你万年前的模样。
届时，你又可以成为一位
　　　叱咤风云、美丽圣洁的女神了。"
白鹊鸣叫着传达完
　　阿布卡赫赫天母的训谕，
拍打起她的银翅
　　飞翔高天，
边飞边欢叫着说：
　　"恩切布库姐姐，
　　万年前咱们分离，
　　小妹我十分想念。
　　现在你将重返宇内，
　　咱们相见有望了。
　　姐姐，
　　你要好生保重！"


德乌咧——　德乌咧——
沉睡了万年的恩切布库，
聆听到"神鹊"的呼唤，
得到了生的信息。
她叫住了翩翩高舞，

将要隐入白云之中的神鹊：

　　"我思念的嘎思哈小妹，

　　你应天母之命，

　　授予我新的重任。

　　我已沉睡地下万年，

　　早有热腾腾的熔岩温榻，

　　又有红红的火光伴衿。

　　而今火焰虽熄，

　　可地热依旧。

　　白茫茫的热岩笼盖我的英魂。

　　我已习惯地心的宁静，

　　我已住惯禁锢的屋屏。

　　如今天母又让我重回世宇，

　　若不讲清命我重生的缘由，

　　我就不出地心！"

白鹊本想速返天庭，

被恩切布库这么一叫，

只好收起自己的双翅，

重新落到山巅的松杆之上，

面对地心慰告：

　　"好姐姐，

　　不要难为我。

　　我只知道姐姐你将去

　　拯救那些可怜而又无辜的黎庶，

　　至于还有其他什么事，

　　小妹我确实不知。

　　姐姐，

　　你当年是天母身边的得心勇将，

　　睿智超群，

　　多才多艺。

　　你有万神头脑的慧智，

　　你集万人肝胆的豪气，

　　你汇万只猛虎之威力，

你聚万道惊雷之万钧。
好姐姐,
天母既然命你出世,
就必有重任相托。
姐姐,
不要诉委屈了,
不要耍脾气了。
还是按天母的圣命
速速行事吧!
小妹我将羽毛
撒一束给你,
以备急用。
羽毛是忠诚的信物,
羽毛是赤爱的表露,
羽毛是圣洁的光彩,
羽毛是你翱翔天庭的圣衣。
它使你在威猛一世的武功上
又添一大能,
你将无敌于天下。
姐姐,
不要再犹豫了,
快去拯救
你诚爱的人类,
快去帮助
你怜悯的人类。
做弱者的后盾,
做正义的前锋。
真诚挚爱,
无私无畏,
是屹立寰宇永恒的品格。
姐姐,
你要小心耶鲁里的魔耳,
他会在暗中窥探你的行踪。

你一定要借
春风、春雨、春雷之势
腾空而起。
耶鲁里最怕三春之威，
断不敢贸然捣鬼。
你千万要记牢哇！
姐姐，再会！"
白鹊说完，
冲入云霄，
瞬时没了踪迹。

德乌咧—— 德乌咧——
恩切布库女神
　　心地善良，
　　性情急躁。
自己既受天母之命，
就该早些动身，
不能有丝毫耽阻。
她渴望即刻冲出地心，
　　见到天母和众姐妹，
　　竟忘记白鹊的叮嘱。
殊不知，一场灾难
　　就要降临给恩切布库。
原来，狡诈的恶魔耶鲁里，
　　有九个头颅，
　　十八只眼睛，
　　十八只大耳。
他偎居地心的洞窟，
　　聆听到了白鹊对
　　　　恩切布库女神的嘱咐。
他也猜定恩切布库女神
　　必会马上从地心冲出。
耶鲁里做好准备，

他要用狂风骤雨

　　迷冲恩切布库的智谋，

使她无法分辨八方，

让她无法迅出地窟，

休想协助阿布卡赫赫

　　与己抗衡。

然而，这只是耶鲁里的黄粱美梦。

耶鲁里的诡计

　　早被天母预见。

她在派遣白鹊之时，

又派身边两位侍女：

　　一个是阿嘎妈妈，

　　——执掌宇宙的雨水；

　　一个是额顿妈妈，

　　——执掌宇宙的游风。

阿布卡赫赫命两位女神

　　悄然飞到堪扎阿林东海高天，

　　用神技妙术迷惑恶魔。

　　不准半滴天雨降落，

　　不准一缕纤风吹过，

　　不准一条溪水泛滥。

让耶鲁里错认宇宙由他控管，

恩切布库依然

　　沉睡地心，

　　出世无期。

当恶魔耶鲁里沉醉之时，

你们姐妹在恩切布库阿林

　　遍洒甘露春雨，

　　让春风驰骋，

　　惊雷鸣唱，

　　催请恩切布库迅即升腾。

恩切布库必会立于不败之地。

耶鲁里终要被光芒

照射得无法存身，
逃命于百丈地窟，
苟延残喘，
瑟瑟栗栗，
永世向隅而泣！


德乌咧—— 德乌咧——
阿嘎、额顿两位女神
　　受阿布卡赫赫之命，
迅速飞临恩切布库阿林。
说来也甚是凑巧，
耶鲁里凭着九头的聪智，
得悉阿布卡赫赫又胜自己一筹。
他不甘心自己败北，
急匆匆变成一只披着黑毛的癞蛤蟆，
蹲伏在地上，
像一座黑山。
两只毒溜溜的大眼睛，
　　像两个白银小山，
　　闪着光亮。
两只前爪
　　像两条崎岖的山脉，
　　压在地上。
大脊梁骨和大脑袋，
　　像一个黑色的山脊梁盖，
　　高高隆起。
癞蛤蟆的嘴
　　像一座可容百仞的
　　魔天古洞，
　　幽深难测。
耶鲁里张开深邃的蛙口，
呜—— 呜—— 呜——

向恩切布库阿林喷吐
　　黑风乌水。
泥砂翻滚，
施展淫威。
黑风惨啸，
散发邪力。
林莽吞没，
百兽围困。
江河泛滥，
山岳塌陷。


德乌咧——　德乌咧——
得意忘形的耶鲁里，
以为恩切布库女神的魂魄
　　永远沉湎于火山之中，
天宇就会由他摆布，
　　任他践踏。
千钧一发之际，
阿嘎、额顿两位女神赶到。
阿嘎女神将腰间水罐取下，
　　双手摇动。
瞬时间，
耶鲁里喷出的乌水，
全都被收入到阿嘎女神的水罐之中。
耶鲁里的蛙嘴只是嘎巴、嘎巴
　　打得直响，
　　喷不出来一点水星。
　　嗓子眼干燥得很。
阿嘎女神变成一个
　　顶天立地的大冰柱子，
落入耶鲁里的蛤蟆嘴，
支撑住恶魔的喉咙。

耶鲁里的嘴里
　　突然多了根
　　又凉又硬的大冰凌柱子，
无法呼吸，
疼痛难忍。
额顿女神从腰间取出风罐，
冲着耶鲁里的蛤蟆嘴，
　　吹起飓风。
耶鲁里的蛙肚
　　顿时膨胀开来，
　　越胀越大，
　　越鼓越高，
　　不断膨胀着、膨胀着。
这个幻化的癞蛤蟆，
变成了一个顶天立地的大圆球，
不停地滚动着，
　　　蹦跳着。
耶鲁里知道自己若不赶紧脱身，
就会像气泡一样崩裂粉碎。
他再不敢逞能好强，
赶紧把邪气一泄，
变回了原来九头恶魔，
化作一股恶风，
逃进深深的地穴。


德乌咧——　德乌咧——
阿嘎和额顿两位女神收回宝罐，
站在高高的恩切布库阿林
　　山巅白云之处，
大声喊叫：
　　"姐姐啊，姐姐，
　　我们奉天母之命，

为你铺平了飞升之路。
现在，你可依附千草百树，
依凭根须安然出世。
姐姐啊，姐姐，
前进的路险患横生，
你万不可麻痹大意。
姐姐啊，姐姐，
耶鲁里不会甘心，
还会卷土重来。
我们把窝米纳小妹派来，
她主管宇宙间
　　　百虫草木的精灵。
她会严守每棵山梨树，
绝不让耶鲁里
　　　挡住你飞升之路。
姐姐，这回你一定要牢记：
在春风、春雨、春雷的
　　　第一声迎唱中，
窝米纳小妹守候在
　　　山梨树旁。
你通过山梨树的根须，
　　　进入树心。
蛀虫为你让路，
你一直升入树干、树梢，
结成红绿色的嫩蕾，
那就是你灵魂的胚基。
在春风、春雨中，
嫩蕾茁壮生长，
为你架起宽敞、明亮的宝房，
供姐姐你孕育滋生，
　　　长成人形，
　　　慨然出世。
　　　来到你万年前的世间，

再露你的风采，
再现你的英姿。
姐姐，请不要着急，
静等春雷的呼唤吧！"


德乌咧—— 德乌咧——
贪婪的恶魔耶鲁里，
被阿嘎和额顿两女神智胜后，
逃入地窟，
仍不甘心受挫。
他变成了一株山梨树，
想让恩切布库从他幻化的
　　山梨树中升出。
到那时，
他仍然可以将
　　恩切布库掐死，
使恩切布库
　　魂飞魄散，
永世没有再生之能。
耶鲁里在那里重温美梦，
忘记了近朱者赤，
　　　近墨者黑。
鲜花永远芳香四溢，
茅厕永远臭气八方，
屎壳郎总是离不开臭味，
黑野猪牙总有烂泥塘的气息。
恶魔耶鲁里幻化的山梨树，
表面上虽也亭亭玉立，
其形俨然无可挑剔。
然而，百鸟不落其枝，
百虫不爬其干，
百兽不靠其地，

百草不近其萌，
耶鲁里最终是枉费心机。


德乌咧——　　德乌咧——
亿万年前，
阿布卡赫赫与耶鲁里征战的时候，
阿布卡赫赫滴下的汗珠儿，
　　　落在山梨树的枝干上，
　　　浸润着山梨树，
这就是恩切布库女神
　　　所要投生的山梨树。
亿万年后的一个春天，
　　　响起第一声春雷，
　　　下了第一场春雨，
　　　刮了第一缕春风，
抚润了美丽的恩切布库阿林。
银白色的海鸥在天空飞翔，
鸣叫着春的来临。
白肚皮的母海豹，
偎聚着刚出生的小海豹，
鸣叫着春的甜蜜。
在这万物复苏的日子里，
恩切布库阿林地心的
　　　火焰在翻滚，
　　　热岩在激荡。
在热岩的红涛中，
恩切布库的魂魄
　　　化作了光、热、气，
　　　冲向地层，
　　　追索着细如发丝的山梨树根鬓，
　　　向上飞升。
树枝上长出了

一个绿色的小芽苞。
小芽苞越长越大，
越长越茁壮，
长成了一个小花蕊。
小花蕊初看像蚂蚁，
再看像蜜蜂、像蚕蛹，
又看像飞蛾、像小娃。
长啊长！
大啊大！
长成了一个小人形。
当天上响起九十九声惊雷的时候；
当地上卷起九十九团飓风的时候；
当海上掀起九十九座波涛的时候；
当草地传来九十九声蛙鸣的时候；
当枝头叫起九十九声蛐蛐鼓唱的时候；
当阔野上九十九朵古葵向阳开放的时候；
当花丛中九十九对蝴蝶翩翩欢舞的时候，
红色的花蕾迸裂开八瓣小叶，
里面坐着一个可爱的小女孩。
小女孩生而能言，
　　　生而能笑，
　　　生而能走，
　　　生而能知大事。
这个小女孩就是我们的
　　　恩切布库女神。
伟大慈爱的恩切布库女神，
终于在春风、春雨、春雷
　　　的感召下
　　　　　降生了！


德乌咧—— 德乌咧——
此时的世人啊，

还是山莽中的一群毛绒野人，
　　不识任何约束，
　　不识掌舵首领。
　　居无定所，
　　四处觅生。
　　鲜餐血肉，
　　难辨膻腥。
　　没有希望，
　　没有目标，
　　没有寄托，
　　没有依靠。
在饥渴中挣扎，
在朦胧中奔跑，
在愚蒙中徘徊，
在苦难中啼号。
忽然，一声声春雷炸响，
山莽中野牛高吼，
晴空中百鸟鸣唱，
水滩中游鱼蹦跳。
众野人为这奇怪的
　　声响和举动所困惑。
百鸟为何唱？
野牛为何叫？
彩蝶为何飞？
游鱼为何跳？
这是一个吉祥的征兆，
这是一个非凡的预报。
野人们满脸疑惑，
那里究竟发生了什么事？
那里究竟有什么非凡的举措？
一个个惊奇地
　　寻找、眺望。

德乌咧——　德乌咧——
千万只彩蝶在空中飞舞，
蓝色的天空，
　　变成了彩蝶的乐园。
人们惊喜地发现，
彩蝶笼罩下的
　　山梨树绿丛之中，
有一缕花瓣开放。
花瓣里坐着一个小女孩，
咧着小嘴向众人欢笑，
笑得那么可爱、天真、无邪。
小女孩轻声说：
　　"你们不要怕。
　　我是天母阿布卡赫赫的侍女，
　　叫恩切布库。
　　万年前，
　　我为了惩治恶魔耶鲁里，
　　化成烈焰，
　　埋在了堪扎阿林的山下。
　　现在我受天母之命
　　重返人间
　　做你们新传世的萨满。"
野人们非常惊奇，
对恩切布库说的话半信半疑。


德乌咧——　德乌咧——
恩切布库又降生到人世。
她是从花丛中走出来的，
她是从花瓣中蹦出来的，
她是从山梨花的香气中飘出来的，
她是从爽朗的笑声中跳出来的。
恩切布库女神说着，

从花瓣中站立起来，
　　跳到地上。
她越长越高，
　　越长越大。
恩切布库告诫人们：
　　"共同披荆斩棘，
　　战胜困难，
　　开拓新世。"
众野人惊奇地望着这位女神，
仿佛看到了希望，
　　看到了光明，
　　纷纷跪地叩拜。


德乌咧——　德乌咧——
恩切布库女神
　　领着野人们，
　　在附近的山间
　　辟地、造房，
　　建起了地室，
　　搭起了树屋。
野人们从此懂得居住。
恩切布库女神
　　不但教野人们用火，
　　认识各种各样的火，
　　还教他们怎么保护火，
　　怎么抵御火，
　　怎么驾驭火，
　　怎样保留火种。
从此，野人们不再为怕火而惊遁，
野人们不再为缺火而烦愁。
他们成为使用火和保存火的主人，
　　成为大地上最无敌的人，

生活远超过百禽、百兽。


德乌咧——　德乌咧——
阿布卡赫赫赐降的火
　　有各种各样,
天火、雷击火、
森林火、旱天火、
石岩火、地沟火,
红色、黄色的火,
发热、发光的火,
生命的火、驱寒的火。
这些火照彻阔宇,
　　温暖人间,
　　烤热大地。
弱小的人群开始强壮,
成为不可欺凌的力量,
　　叱咤在世上。
有了火,
人们放胆来到了
　　雪野寒域
　　——现在居住的北方。
有了恩切布库女神,
　　艾曼日益兴旺壮大起来,
有了恩切布库女神,
　　艾曼日渐有了笑声和歌声。
　　前程似锦,
　　蒸蒸日上。


德乌咧——　德乌咧——
恩切布库女神
　　万年前在地火中锤炼,

火焰一样的身躯，
　　火焰一样的光芒。
她红光大脸、
　　热力非凡。
她身边的人
　　就像有阳光普照，
　　温暖心房。
她像一把永不熄灭的火炬，
她像一团喷薄四射的巨光，
她像一盏鲸鱼油熬成的照明灯，
她像一面水晶铸成的反光镜，
　　照耀着人们，
　　驱散着黑暗，
　　令人头聪目明，
　　神怡心旷。


德乌咧——　　德乌咧——
野人们跟从恩切布库女神，
心情无限畅快，
　　无比亮堂。
恩切布库女神禀赋
　　——性如烈火，
恩切布库女神办事
　　——雷厉快爽。
在恩切布库的眼中，
在恩切布库的身上，
恐惧、惆怅，
畏葸、怯懦，
卑微、渺茫，
全都化作虚烟飞扬。
不分老老少少，
不分女女男男，

只要跟着恩切布库，
就会变成顶天立地的英雄汉。


德乌咧—— 德乌咧——
恩切布库女神
　　乍贴近陌生的野人，
野人们不知她的为人和智能，
只传讲着她
　　坎坷坷的经历，
　　神秘秘的复生。
说她是从山梨树中走出来的萨满，
说她是天母阿布卡赫赫派来的女神，
　　是天下最勇敢的人，
　　是天下最有智慧的人。
可是，
站立在野人们眼前的恩切布库女神，
跟众人不差半分，
眼睛、耳朵、鼻子、嘴，
　　都那么平凡，
野人们瞠目相视，
　　抚掌互疑。
究竟恩切布库是虚妄度日？
还是恩切布库在诓骗众人？
有的人摆腚摇头，
有的人半信半疑，
有的人若亲若疏，
有的人若即若离。
俗话说得奇：
　　人不怕无能，
　　人就怕心离。
　　麻绳拧起来最有劲，
　　拳头攥起来最有力。

百个瘦弱的人，

只要肯合心，

就能顶上一只熊黑，

就会筑成铜墙铁壁。

恩切布库女神召集野人们

　　到她出世的山梨树下，

嗓子喊哑了，

手腕摇肿了，

可大多数年轻力壮的野人们，

不听恩切布库女神的调遣，

照样观望不动。

他们各行其是，

　　为所欲为，

　　得过且过，

　　无忧无虑。

女神为他们着急，

女神为他们焦虑，

可这些野人并不体谅女神的心。


德乌咧——　德乌咧——

恩切布库女神

　　不计较蜚语流言，

　　依然那样慈蔼，

　　那样掬掬可亲，

　　怜悯所有苦难无依的人们。

凡追随恩切布库的野人，

　　大都体弱身残，

　　多病无援。

他们为自己同伴

　　不识女神的慈心，

　　气得怒吼悲痛。

恩切布库女神

是阿布卡赫赫赐给咱们的萨满，
是拯救咱们脱离苦海的人。
对萨满的不尊重，
就是对天神的不恭，
就将遭到神的谴责。
恩切布库女神说：
"凡事都要容人分辨，
凡事都要容人思索，
凡事都要心能容人，
凡事都要大度宽宏。
有光明的地方，
才会招来厌恶黑暗的人。
好兄弟，好姊妹，
用咱们和睦的胸襟，
感召他们的心灵。"


德乌咧—— 德乌咧——
天空晴朗湛蓝，
野人们尽情欢快。
突然，乌云密布，
雷鸣闪电，
暴风雨从远处袭来。
阴沉沉、雾茫茫的水
像倒灌天河一般，
哗哗地泼洒尘埃。
大地一片汪洋，
人们难辨八方，
所有的生命
在狂涛中哀怜。
恩切布库女神早已预测雨路，
她呼唤慌乱中的野人：
"快快随我寻找新的家园，

现在北风净往南刮，
暴雨直淋南苑。
迅速拼命北逃，
等待咱们的是
吉顺平安！"
大部分野人坚信神威的女神，
跟随着恩切布库女神
一窝蜂似的往北逃遁，
进入北山密林。
恩切布库女神又嘱告：
"趁风往南刮的时候，
咱们赶紧动手搭棚子。
风向说变就变，
等雨再过来的时候，
茅舍会成为我们防雨的围屏。"
就这样，
恩切布库女神领着野人们，
榆柳木为柱，
榆柳皮做绳，
在山崖下的一片平川，
搭起个遮天的
——榆柳大棚。
众人手舞足蹈，
踏地长吟。
一声惊雷炸响，
风云变幻，
漫天的狂风暴雨，
呼啸而至。
因为恩切布库女神带领众人，
已经把帐篷搭好。
闪电、惊雷和暴雨
纵然排山轰鸣，
恩切布库和她的野人们

笑卧树榻，

　泰然不惊，

榆柳大帐温暖如春。

小松鼠、小山猫、

小野兔、山喜鹊，

也都悄悄钻进帐篷避雨。

那些未跟随恩切布库女神的野人们，

原以为女神说的是笑谈。

暴雨袭来之后，

他们也都着了急，

从四面八方拥向榆柳大棚。

雨水洗涤了野人们的双眼，

雨水明辨了野人们的是非，

雨水把野人们的心，

　真正凝聚到了一起。


德乌咧——　德乌咧——

被火山袭扰的堪扎阿林，

终日烟雾缭绕。

随着雷鸣，

　喷出熊熊的火焰，

随着火焰，

　滚出浓浓的岩浆。

山间的石头

　被烧成红色，

林中的树木

　被烧成灰烬。

堪扎阿林

　荡漾着难闻的沼气，

不少人因毒气而窒息，

不少人因地火而毙命。

面对威胁，

野人们不知躲藏，

只求神灵护佑。

自从恩切布库重返人世，

堪扎阿林改换了容颜。

恩切布库女神未卜先知，

她领着野人们

来到了一个安详僻静、

空气幽新的高山之中，

给他们指定地段，

教他们搭屋、盖棚。

随恩切布库女神来的野人们，

从此躲过了火山熔岩的袭扰，

不再受火山困惑，

不再受沼气侵害。

日日平安，

夜夜无事。

不少野人

都知道恩切布库女神

是世上最聪明的萨满，

跟随恩切布库

就会吉祥如意。

就连堪扎阿林的

獐、狍、母鹿和熊黑、蟒蛇等，

也都愿意追随恩切布库女神。

女神到哪个山头，

女神到哪个河谷，

女神到哪个丛林，

女神到哪个花甸，

追随她的野人和小兽、野禽们

就会在哪里聚集。

德乌咧—— 德乌咧——

忽然有一天，
女神望着远处的阔野，
又看看天上的白云，
对众野人说：

　　"兄弟、姐妹们，
　　你们快往对面的山上逃，
　　这里不能再呆了。
　　这儿很快就要变成汪洋河谷，
　　水深百丈，
　　就连堪达罕、马鹿都难以泅渡，
　　你们快逃生吧！"

野人们感到非常惊奇，
这么安详极乐的福地，
这么富庶丰饶的乐园，
没有一点发水的先兆，
难道这是真的吗？
可恩切布库女神坚持
　　让众兄弟们快快逃走，
而且一定要在
　　月亮出山之前离开这里。
恩切布库忠告时，
不少人还在
　　采蜂蜜，
　　摘葡萄，
　　捕鱼虾，
　　抓小兔，
　　套小鹿。
经过惊险的历程，
野人们蒙受恩切布库的护庇，
大家知道了一个真理：
　　谁蔑视女神的忠告，
　　祸端必向谁降临。
虔诚的野人们

遵照恩切布库女神的嘱咐，
收拾自己的行囊，
三三两两地来到了对面的山冈，
选了平坦之地，
重搭帐篷。
然而，
那些认为女神是在危言耸听的人们，
照样跳啊，唱啊，玩啊，
没有一点恐惧之心。
快到天黑的时候，
突然从东山中
传来瀑布的奔泻声，
峡口暴裂，
山上的泉水
似波涛滚滚，
冲了下来。
很多的树木和山林被冲倒，
很多的野人和野兽
被淹没在狂涛里。
片刻间，
河水暴涨，
汪洋一片。
洪水迅速淹没了
野人们朝夕生活的地方，
没有逃走的野人全都葬身水底。
再也听不到他们的笑声，
再也听不到他们的歌声。
逃到对面山上的人，
看到那块刚才还绿茵茵的草地，
转眼变成了一片水海，
非常恐惧、难受和庆幸。
此事像警钟一样，
敲醒了那些不听忠告的人。

恩切布库女神的名字
　　　从此在野人们的心中
　　　扎下了根。


德乌咧——　德乌咧——
时光流逝，
岁月如梭。
一晃儿，
几年的时间过去了。
一个秋高气爽的日子里，
年轻力壮的野人们
　　　正忙碌地采集着各种山菜，
　　　像老豆秧、大苦琴、老牛筋等，
女人和年纪大些的老人们
　　　则在山坡晾晒，
　　　备作冬粮。
他们有说有唱，
　　　欢欢乐乐！
忽然，
从东山坡跑来了两只
　　　白嘴黑眼黄毛白蹄的
　　　　　小鹿羔子。
机灵俊美，
人见人爱。
两只小鹿穿过忙碌的人群，
钻进恩切布库女神的葡萄秧帐篷，
跪在女神面前，
张着小嘴，
痛苦万分地嗷嗷高叫。
恩切布库女神轻轻抚摩着两只小鹿，
发现小鹿的鼻孔和眼睛都往外淌着紫血。
女神明白了小鹿的意思，

它们两个的亲人已经丧命，
这两只小鹿是找恩切布库女神
　　　求救并传告噩耗的。
恩切布库女神迅即
　　　来到帐外，
见几个野人兄弟在石锅火塘旁
　　　正燔烤一只新打来的大雁。
大雁已经快烤熟了，
散发着诱人的香气。
恩切布库女神走过去拿起大雁
　　　仔细察看。
她发现雁肉已经发紫，
　　　跟平常的雁肉迥异。
恩切布库女神又匆匆回到帐里，
瞧见刚才报信的两只小鹿
　　　已经双双毙命，
　　　僵挺地躺在地上。
恩切布库女神看罢眼前的情景，
对众野人说：
　　　"咱们必须马上离开这里，
　　　此地不能再呆了。"
众野人都惊异地
　　　望着恩切布库，
　　　问女神何意？
　女神说：
　　　"细话待我日后再讲，
　　　现在要紧的是你们动作要快，
　　　什么东西都不要拿，
　　　要快，千万要快！"
经过水难之后，
野人们都知道恩切布库女神很有预见，
对女神比过去信任多了。
恩切布库女神又劝山里所有的野人兄弟

也跟她们一起走，

不能在这里耽搁逗留，

这里不久就会有灾难降临。

不少人听从恩切布库女神的劝告，

跟着女神远走他乡。

还有一些野人

认为女神有福不会享，

好端端的鱼米之乡，

为什么要丢弃呢？

所以，这些人就没走。

在躲灾的路上，

恩切布库女神又让野人们

采集路边的"卡兰"花草，

用卡兰花扎成花环，

戴在头上，

还让他们吃"卡兰"花草。

恩切布库女神说：

"这样可以祛除妖邪，

祛病壮身。

你们还要高歌前行，

心情坦荡，

乐观忘忧。"

途径堪扎阿林瀑布的时候，

女神又让野人们

都到冰凉的泉水里

净净身子，

洗洗眼睛，

清清口鼻，

冲冲手脚。

直至走过九个山冈，

恩切布库女神才让野人们

在一片密林中收住脚，

搭锅立帐，

住了下来。

恩切布库女神对野人们说：

"咱们现已躲过了魔鬼的袭扰，

来到安详的新址。

刚才小鹿向我们传报危情，

它们家乡的瘟疫已经使鹿族陨灭。

我们多亏躲得及时，

才免遭一场无情的祸端。"

众野人这才如梦方醒，

庆幸躲过一场天降灾殃。

野人们被恩切布库女神的

远见和决策

敬佩得五体投地！

纷纷跪在地上，

给恩切布库女神叩头，

她给野人们带来了新生，

她给野人们带来了光明。

她是神定的萨满，

她是天赐的神祇。

她是野人们心中的依靠，

她是野人们凝聚的核心。

追随恩切布库女神

的野人漫山遍野，

越聚越多。

恩切布库女神的

声名和威望，

越传越远，

越传越广。


德乌咧—— 德乌咧——

赤身裸体的野人们

崇仰、信服恩切布库女神，

说她是野人们心上最亲的人，
　　是拯救人类的慈心大萨满。
经过一次次惊天撼地的考验，
野人们认识了这个
　　不平凡的恩切布库女神，
承认她料事如神，
承认她目射寰宇，
承认她运筹帷幄，
承认她拯世奇功。
远在百里外的野人们，
为了安宁，
为了生存，
翻山越岭，
投靠这位伟大的恩切布库女神。
烈火识真金，
危难见真情。
这位从山梨树中走出来的
　　恩切布库萨满，
是野人们的靠山，
是野人们的护卫。
依靠恩切布库女神，
　　就永不会受苦受难，
依靠恩切布库女神，
　　就一定万事如意，
　　　　事事遂心！


德乌咧——　德乌咧——
堪扎阿林的山下
　　有了一个庞大的野人集群，
　　名闻天下。
亘古以来多少年，
野人们分居各地，

没有头领，

没有集中，

像散沙一般。

恩切布库女神来了以后，

堪扎阿林见到了太阳，

堪扎阿林见到了光明，

堪扎阿林见到了希望，

堪扎阿林见到了未来。

人们集聚在恩切布库女神身边，

像一块巨石，

像一座高山，

像一条江河，

像一个峻岭。

# 第四章　头辈达妈妈

德乌咧——　德乌咧——
细沙相聚汇成大漠，
碎石相叠能成山巅。
草原成片才是碧原，
野人们只要肩并肩、心连心，
　　　就是无敌的艾曼。
堪扎阿林的南坡，
董阿嘎霍通的地方，
千年的"依气松"
　　　一望无际，
　　　遮天蔽日。
丁香、黄花、百合，
五颜六色的花朵，
打扮着大地。
梅花鹿伴人奔驰，
黄蜂群酿着花蜜。
溪河里的细鳞鱼多得像银带，
　　　脚踩着就可以过河，
　　　一舀下去，
　　　三个壮汉都吃不了。
多美丽的地方啊！
这是恩切布库女神为野人们
　　　遴选的新的生存之地。
恩切布库女神说：
　　　"兄弟们，

现在暂栖身此地，
待日后选定新址，
再作咱们的居所。"
野人们个个欢呼雀跃。
大家聚到一起，
凭共同的劳动，
共同的勤奋，
共同的意愿，
开拓新的生活。
他们在这里架棚盖屋，
一排排，
一行行，
从山上一直排到
布尔丹毕拉之滨。
经过多少个岁月的考验，
经过多少次苦难的验证，
经过多少回荆棘中猛醒，
经过多少趟逃散中欢聚。
堪扎阿林的野人们
清楚了一个道理：
大家要抱成团，
不能有半点的迟疑，
不能有无谓的彷徨。
不能再像往昔那样，
没有勇猛智慧的首领，
被灾难追随着
到处逃命奔跑。
到头来，
将是泪水、悲哀和死亡。

德乌咧—— 德乌咧——
求得新生的野人们，

用生命的代价，
　　换回了清醒的教训。
过去堪扎阿林的
　　南坡、北坡、
　　东坡、西坡，
　　有许多野人窝，
　　零零散散，
　　稀稀拉拉，
　　像互不关联的鼠洞。
各个妈妈窝里，
凭着自己妈妈的能耐，
　　养活自己的子孙。
　　有能力者活，
　　无能力者死。
数百年来，
妈妈们像野鹿带着小鹿，
　　老山鸡带着小山鸡一样，
　　艰难度日。
他们东奔西跑，
　　刨土找食，
常常因误入虎狼之穴
　　而被吞噬，
常常因地动雷击
　　而被拆散，
常常因山洪野火
　　家破人亡，
常常因挨饿受冻
　　苦度残生。
每个妈妈窝
　　都有数不尽的
　　　　妻离子散，
每个妈妈窝
　　都有无法数的

悲欢离合。
各妈妈窝也常因强弱不同，
　　互相倾轧吞并。
大欺小，
众暴寡。
各妈妈窝不得安宁，
到处传来悲哀之泣。
各妈妈窝互相抢人，
抢年轻力壮的男孩，
"索索"① 如骨，
勃挺强健，
孕生壮崽，
啼声如虎。
只有这样，
妈妈窝才会越来越壮大，
才能越来越无敌，
才不被别的妈妈窝所欺负。


德乌咧—— 　德乌咧——
堪扎阿林附近所有的妈妈们
　　都携儿率女投靠恩切布库女神，
从黎明到傍晚，
从黑夜到清晨，
从日落到日出，
从月升到月偏西，
吵吵嚷嚷，
络绎不绝。
人们都愿成为恩切布库女神手下的亲随，
　　一伙、二伙、五伙、十伙、百伙……
堪扎阿林热闹异常。

---

① 索索：满语，男性生殖器。

"依气松"林里，
挤满四面八方聚来的野人。
往昔互不相识的野人，
现在都亲密起来，
原来那些跟随恩切布库女神的野人们，
　　更是忙得不可开交。
他们成了后来人的
　　向导、知己和引路人。
"兄弟"一词在堪扎阿林
　　这块陌生的土地上诞生了。
石头上、山崖上、粗粗的原木上，
　　都刻出了"兄弟"的图腾，
那是两个小人并肩站在一起的图案。
这就是最早的"阿浑柱"。


德乌咧——　德乌咧——
堪扎阿林的山麓啊，
　　佟阿嘎霍通，
布尔丹比拉
　　最幸福吉祥的地方。
从那时起，
野人们就有了一个
　　新的名字
　　——恩切布库女神的兄弟。
恩切布库女神命野人们
　　到布尔丹比拉用皮兜舀来
　　　一兜兜清水，
每个妈妈窝各出一人，
到恩切布库女神用藤条搭成的窝棚前，
用鹰、虎肋上的月牙针
　　刺破额头。
鲜血滴到一兜兜清水里，

清水拌成红色。

众野人又放倒

　　一棵拳头粗的山梨树，

在平整的草坪上，

　　立起一个山梨树木桩，

这就是"图喇柱"，

　　又叫"女罕柱"。

柱上镌刻日月星辰和

　　恩切布库女神总首领的尊容。

女神长发拖地，

　　腰围柳叶。

长发用山羊皮编成，

耳、鼻、眼用草把拧成，

两个大大的乳房用兔皮煎成，

胯下用熊毛拼展，

四肢用桦干雕成。

这就是阿布卡赫赫的图喇柱。

布尔丹比拉的人把自己的血

　　滴在图喇柱上。

所有妈妈窝的人叩拜、共饮。

恩切布库女神成了

　　这个图喇柱前

　　　　众野人当然的首领。

大家围着她欢呼雀跃。

恩切布库女神说：

　　"从今天起，

　　咱们的艾曼有了自己的名字

　　——'舒克都哩艾曼'，

　　姓'舒克都哩哈拉'。"

各妈妈窝依然保留自己的名称，

出现了"希普苏""塔穆察"

"图尔塔拉""傲拉托欣"

"柏米纳""多林嘎"

"布察""吴扎"等等，
大小不等的分支。
枝干越来越多，
越来越密。
一个枝干，
就是一个姓氏、一个部族。
就是这些大小不等的分支，
经过数百年的发展，
枝繁叶茂，
瓜瓞绵绵。
众大小艾曼都拥戴恩切布库女神，
　　为舒克都哩艾曼的总首领，
　　总的妈妈神，
　　　　即"乌朱扎兰达妈妈"。
恩切布库女神成为
　　舒克都哩艾曼的第一位首领，
　　也就是头辈达妈妈。
这是满族最古老的祖先，
这是满族最古老的萨满神。


德乌咧—— 德乌咧——
头辈达妈妈确立了祭祀。
祭拜的第一位神，
是通天地的神树祭及
　　祭拜阿布卡赫赫、
　　巴那吉额母的祭礼。
堪扎阿林的第二祭，
是祭拜堪扎阿林
　　山神、地神的祭礼。
对东海与布尔丹比拉等
　　湖川江河的祭拜为第三祭。
祭礼陶冶了人们的心灵，

使人类远离了野蛮。
从此，人们懂得了一个道理：
　　　　只有祭祀自己的祖先，
　　　　缅怀自己的先民，
　　　　才能后继有人。
艾曼里又分出长幼老少，
互相有了尊敬和爱护。
互相有了谦让和礼貌。


德乌咧——　德乌咧——
恩切布库女神在火中重生，
火给艾曼开辟了生机。
拖亚拉哈女神的祭礼
　　　——火的祭礼，
就是从这时开始的。
所有的山冈林莽，
所有的河流湖泊，
都堆积有高高的石头祭坛。
这些祭坛是为各艾曼
　　　　在一定的季节，
　　　　祭祀自己的祖先，
　　　　祭祀宇宙的众神
　　　　　　和天母阿布卡赫赫而设立的。
恩切布库女神亲自担任
　　　　舒克都哩艾曼的主祭萨满，
其他各小艾曼的萨满
　　　　担任祭祀萨满。
开始的祭祀很简单，
族人摆上野果及打来的牲畜，
以水代酒，
跪地裸拜。
后来，南沟的妈妈剥来了虎皮，

北岔的妈妈剥来了熊皮和豹皮，
东山的妈妈剥来了东海的鲸鱼皮。
大家将肉烧烤而吃，
厚厚的皮张做帐篷。
时间长了，
皮张变得非常僵硬，
有些族人手拿木棒
　　顺手往帐篷上一敲，
皮张梆梆直响，
声音洪亮震耳，
很远就可以听到，
再后来，
皮张又作为传递心声之用。
族人只要把皮张一敲，
山外的人，
迷路的人，
被野兽惊吓的人，
只要一听到这声音，
就有了信心，
有了勇气，
有了力量，
就知道了艾曼所在。
于是，人们又渐渐发明了鼓。
到了祭祀的时候，
把一人多高的大鼓抬出来。
那时候的鼓都是单面鼓，
外面用木框镶好，
把皮子抻开，
用皮绳固定在木框上。
木棒一敲，
嘣、嘣、嘣，
祭祀开始了。
鼓声使祭祀显得

更加雄壮,

更加激昂,

更加振奋人心。

恩切布库女神主持的祭礼

越发展越神圣,

年年岁岁坚持下来。


德乌咧——　德乌咧——

有一天,

恩切布库女神祭完,

因身躯疲累,

竟睡倒在祭坛上。

恍惚中,

她觉得自己回到天间,

回到天母阿布卡赫赫身边,

看到当年佑佐阿布卡赫赫

同耶鲁里争搏的众姐妹们。

大家相拥跃嬉,

无比狂欢。

天母阿布卡赫赫殷嘱道:

"恩切布库,

不可遗忘,

现在的宇内并不平安,

耶鲁里时刻都没有

将他罪孽之心收敛。

他正往返于天地间滋事寻衅,

冰雹虐雪,

暴雨风波,

洪涛酷暑,

唆人犯科,

疴症痘瘟,

残杀永年。

所有的污秽罪恶，
　　都来自耶鲁里的渊薮。
你不要骄傲自恃，
不要粗心麻痹，
　　要牢记我的嘱托。"
天母又关切地说：
　　"恩切布库，
你放心地回去吧。
你的白鹊妹妹，
　　　阿嘎妹妹，
　　木克妹妹，
　　　阿克珊妹妹，
　　已到你身边。
她们都是神能百艺的萨满，
她们都是知心贴己的勇将，
你们要同心同德，
同御魔力……"
此时，被恩切布库女神救回的
　　两只折了翅膀的小飞龙，
　　伤势已经痊愈。
　　它们吱吱地叫着，
　　蹦到恩切布库女神的
　　　　肩上、身上，
　　感谢女神的救命之恩。
恩切布库女神被小飞龙
　　从酣梦中惊醒，
天母和众姐妹已不见踪影，
可刚才的一切，
　　却依稀还在眼前。
恩切布库女神明白了，
这是天母对自己的呼唤，
这是天母对自己的神授，
这是天母对自己的警世，

这是天母对自己的庇佑。
我要找到众姐妹返生的脉系，
让这些最有智慧的人
　　做我的助手，
　　做我们艾曼的萨满。
高山的峻险
　　全凭山岩的巍峨，
舒克都哩艾曼的兴旺
　　要靠更多萨满的
　　　齐心协力，
有白鹊、阿嘎等姐妹前来助我，
我一定能完成天母交给我的使命。


德乌咧—— 德乌咧——
沙堆不拒散粒，
黄泥不拒众土。
大海不拒小溪，
艾曼也不拒来投靠的人。
只有积聚，
蚁蛭才能成大丘，
小岭才能变峻峰。
只有汇聚，
小溪才能成大海，
艾曼才会更强大。
恩切布库女神
　　这位舒克都哩艾曼的达妈妈，
　　这位舒克都哩艾曼的达萨满，
　　愿有更多神奇的萨满出现在艾曼中。
可俗话讲得好：
　　十个手指伸出来
　　　还不一边齐哪！
艾曼里有些人不理解，

她们找到恩切布库女神，说：

"恩切布库达妈妈，

咱们的艾曼越来越强大，

人丁越来越兴旺。

咱们的日子已经很好了，

您不必再找能人了。"

恩切布库女神笑着说：

"人外有人，

天外有天。

我一个人的力量

　　毕竟有限。

咱们还是多选些能人，

艾曼有了圣贤，

才会步步登高，

才会更加富强！"

众人更加敬佩恩切布库女神。

异口同声，

同意举办堪扎阿林第一个

　　选"山音赊夫"的盛会。

这个选能人的盛会叫"赊夫纳仁"，

"赊夫纳仁"就是

　　"拜师""选师""立师"的盛会，

地点就在堪扎阿林南麓

　　平坦的布尔丹比拉河边。

舒克都哩艾曼所有分支的族众，

有的步行，

有的划船，

有的骑马，

有的跨鹿，

三三两两，

五五成群，

从四面八方

　　奔向竞赛场地。

盛会上，
不分亲疏，
不分远近，
不分老幼，
谁都可以凭着自己的本事，
凭着自己的能耐报号上阵，
竞比奇技，
竞比奇功，
竞比奇能，
竞比奇艺。


德乌咧——　德乌咧——
恩切布库女神
　　站立在高高的树巅上，
挥手说道：
　　"兄弟、姐妹们，
　　欢迎你们参加'奥米纳仁'
　　选首领、选萨满的盛会，
　　这是我们自己的盛会。
　　大家不要谦虚，
　　不要退缩，
　　要敢于承担重任，
　　要有夺冠之心。
　　为了艾曼，
　　拿出你们的真本事，
　　露出你们的真功夫。
　　你是河，
　　　　就显出河的宽阔；
　　你是高天，
　　　　就显出青天的辽远；
　　你是太阳，
　　　　就发出耀眼的光芒；

你是月亮，
　　　就闪烁清澈的镜明。
咱们要把最有智慧，
　　　最有能耐的人选出来，
　　　做咱们的萨满，
　　　做咱们的首领。
　　　这是咱们艾曼的未来，
　　　这是咱们艾曼的希望。"
恩切布库女神赤诚的心，
感动了艾曼所有的人。
大家摩拳擦掌，
跃跃欲试。


德乌咧——　德乌咧——
单说在众艾曼中，
有个艾曼叫"夹昆艾曼"，
艾曼的标志是只鹰。
夹昆艾曼是堪扎阿林南麓
　　　一个剽悍勇猛的部落。
人数虽然不多，
但个个体格蛮壮，
　　　威猛顽强，
　　　有穿云越涧之能。
他们的头领叫"夹昆妈妈"，
艾曼的族众是她的子孙，
她是这个艾曼的乳母、女军。
夹昆妈妈身披鹰羽，
　　　头扎鹰冠，
　　　像一只雄鹰飞落赛场。
她向各艾曼的族众虔诚地
　　　施了一个鹰礼，
　　　报上自己的鹰号。

她说：

> "我是鹰神派来的使者，
> 是开天辟地的鸟神。
> 我曾经帮助天母阿布卡赫赫
> 　　降伏过耶鲁里。
> 耶鲁里身上恶毒的毛发
> 　　都是我用嘴和爪子薅下来的。
> 我痛恨耶鲁里，
> 耶鲁里是我的死对头。
> 现在我回归尘宇，
> 还要继续惩治耶鲁里。
> 我有排山倒海之力，
> 我有呼风唤雨之能，
> 我有服魔降妖之躯，
> 我有狂扫恶氛之猛。"

说话间她长啸一声，
鹰翅一抖，
振臂一呼，
群山中，
立刻有排山倒海似的惊雷响起，
且飞来满天的雄鹰。
雄鹰鸣叫着，
　　飞翔着，
　　遮住了日光，
　　掀起了飓风。
云雷中，
群鹰汇成一个声音：

> "恩切布库姐姐，
> 我们是你当年的小妹，
> 是天母的左膀右臂。
> 姐姐你有何吩咐，
> 我们誓死不辞。"

德乌咧——　德乌咧——
夹昆妈妈的展示，
激发了北山荒林一伙勇虎的斗志，
塔思哈妈妈随着啸叫声跳入场中。
这是震天动地的神威虎啸，
震得地动山摇，
震得飞鸟坠地，
震得山石颓塌，
震得河水倒流。
夹昆妈妈收回自己的神形，
唤走满天飞翔的雄鹰，
回到自己艾曼，
凝视塔思哈妈妈的表演。
塔思哈妈妈瞬间
　　召来数不清的
　　吊睛黄毛大虎，
它们纵、跃、跳、卧、
　　蹿、扑、爬、滚，
　　千姿百态，
　　虎虎生威。
虎爪戳地地生金，
虎爪踏地地摇撼，
虎啸雷霆鬼神惊，
虎尾扫地地生烟。
惊走了妖魔鬼怪，
惊走了狼狈熊黑。
虎威是照妖神；
虎威是清宇神；
虎威是安世神；
虎威是开路神。
阔清了寰宇，
荡涤了尘埃。

塔思哈妈妈高吼唤道：

　　"夹昆妹妹，

　　我看了你的神威，

　　　　为你叫绝。

　　好妹妹，

　　我也要献献我的技能。

　　当年我是天母阿布卡赫赫

　　　　身边的坐骥，

　　为了驱赶耶鲁里，

　　化成金虎吞吃洞穴中的魔怪，

　　又受天母之命

　　　　永居洞窟中生活。

　　现在，我受天母之命重返尘世，

　　为的是惩恶扬善，

　　扶威祛邪。

　　姐姐，

　　咱们有苦同受，

　　　　有难同当，

　　　　同心协力，

　　　　扫除恶魔！"

恩切布库女神激动万分，

原来这些神威无敌的众妈妈

　　真是我当年的姐妹。

她刚要表述自己的衷肠，

忽然东方红光四射，

东海海面上波涛汹涌，

海鸥翩翩万点惊飞，

海鲸欲跃击浪翻滚，

海狮、海象、

海狗、海豹

　　啸叫欢舞。

海浪像高天的银柱

　　遮盖了绿岛的翠树，

遮住了蓝天的云朵。
浪尖上站着一位

　　婀娜多姿的女神
　　　　——木克妈妈。
她身披银光衫，
头系金光髻，
婀娜多姿，
光彩照人。
木克妈妈说：
　　"我们木克艾曼
　　　　是东海的主人。
　　恩切布库姐姐，
　　　夹昆、塔思哈妹妹，
　　　当年我是天母阿布卡赫赫
　　　　　身边的东海卫士，
　　　统驭东海所有的海疆
　　　　　及海上的生命。
　　我曾用海水淹灌过耶鲁里，
　　使天母胜过恶魔。
　　恩切布库姐姐，
　　我受天母之命，
　　　　重返尘世。
　　姐姐您有需要的地方尽管吩咐，
　　小妹我责无旁贷。"
众海神、海怪表述衷肠，
使比赛求师会的气氛
　　　更加热烈。
大家欢呼、
　　雀跃。
欢呼声使一些小神灵也坐立不安，
他们纷纷来到现场，
向恩切布库女神

表述自己的决心和意愿。

霎时间，

有四位神灵降临赛场，

它们艾曼不大，

都是一些飞翔的

小蝴蝶、小蚂蚱、

小蝈蝈、小蛐蛐，

齐在草稞窝生活，

吃些小动物。

他们的首领是

僧固妈妈和顿顿妈妈。

这些小动物与

雄鹰、猛虎、海鲸相比，

微不足道，

可是，他们也要跟随恩切布库女神，

献上自己的微薄之力。

这些小精灵对女神说：

"姐姐，你别看我们小，

可我们有别人无法替代的用处。

我们能够通风报信，

能够驱除瘟疫，

能够预见灾害，

能够治疗病疾。

我们的眼睛可以观四方，

我们的触角能伸到任何地方，

找到耶鲁里的恶魂、恶气，

探查所有秘密。

到处都有我们的眼睛，

到处都有我们的足迹，

到处都有我们的同伴，

到处都有我们的呼吸。

请让我们与你们一起，

同心协力，

共创新纪。"

恩切布库女神高兴地说：

"夹昆妈妈、塔思哈妈妈、

木克妈妈、众位小精灵、小妈妈们，

你们都是神能百技的萨满神，

都是我的好帮手、好姐妹，

有了你们，

　　　舒克都哩艾曼会更加兴旺，

有了你们，

　　　舒克都哩艾曼会更加强壮。"

堪扎阿林众位神威萨满的涌现，

似鲜花怒放，

似篝火熊燃。

所有的鲁莽野人，

所有无依无靠的人们，

有了自己的艾曼，

有了自己的首领。

这是堪扎阿林的新生日子，

这是东海岛屿的喜庆日子。


德乌咧—— 　德乌咧——

正当众人欢歌喜舞，

同祷艾曼如旭日东升，

共祝各部渔猎丰盈之时。

地上突然隆起一个小包，

从里面钻出一个

独角、金发、

红眼、银牙、

人身的鼠头蛮爷。

众人认出这是土拨鼠小精灵。

土拨鼠小精灵长年游行于地下，

对地下的情况了如指掌，

哪块有地动，
哪块地要裂，
哪块地要陷，
哪块地要鼓，
他都最先察觉到。
有了它，
　　就知道吉凶，
有了它，
　　　就知道祸福。
它是地下的通灵神，
它是能预报的小精灵。
众神都非常
　　　　喜欢它，
　　　　亲近它，
它是大家的好帮手。
土拨鼠小精灵可不能小瞧，
万年前，
耶鲁里被阿布卡赫赫打入地狱，
地母巴那吉额姆控守地牢。
土拨鼠小精灵受巴那吉额姆之命，
成为地下的狱卒，
看管和监视耶鲁里。
土拨鼠小精灵
　　　忠于职守，
　　　尽职尽责，
　　　得到天母的称赞。
大家看见土拨鼠也赶来共享欢乐，
感到挺蹊跷。
夹昆妈妈和塔思哈妈妈笑着问它：
　　"土拨鼠小兄弟，
　　你怎么不在地下巡守？
　　你不是最怕光亮吗？
　　你不怕日光照瞎你的眼睛吗？"

众神也觉得奇怪，
因为他们现在见到的土拨鼠
　　　和以前见到的土拨鼠不一样，
眼前土拨鼠的头上
　　　多出一个像塔尖似的大独角。
东海木克妈妈问：
　　　"土拨鼠兄弟，
　　　你头上怎么长了一个独角呢？"
众神也都来瞧看，
为它的奇形怪状而惊诧。
土拨鼠小精灵急忙说道：
　　　"众位姐妹神灵，
　　　我是来告诉你们一个消息的。
　　　大事不好了，
　　　在千里之外，
　　　有很多人正在遭受地火的煎熬。
　　　我不忍看下去，
　　　就来求恩切布库女神。
　　　因走得急，
　　　头被地下的石块擦伤了，
　　　没什么，
　　　它很快就会消掉的。
　　　恩切布库女神，
　　　你快去救救他们吧！"
恩切布库女神问：
　　　"土拨鼠，
　　　你是怎么知道的？"
土拨鼠跪在地上禀告：
　　　"恩切布库女神，
　　　前些天，
　　　我巡游到堪扎阿林
　　　　　东山一带的坦布尔青山，
　　　突然觉得地下燥热异常。

我急忙查找缘由，
原来是地下往外喷火，
熊熊的烈火热得
　　地上人喘不过气来。
我又看到，
从坦布尔青山冒出的热焰，
烧毁了山林，
烧毁了草原。
百兽、百禽全都葬身火海。
慈祥的恩切布库女神，
快去救救那些苦难的人吧！
去晚了，
将会有更多的生命受害呀。"
土拨鼠小精灵说着说着，
难过地哭了起来，
他的赤诚感动了周围所有的人。
夹昆妈妈、塔思哈妈妈、木克妈妈
　　都非常敬佩土拨鼠，
怪不得天母多次称赞她，
确实是好样的，
多么善良啊！
土拨鼠小精灵还跪在地下痛哭着：
　　"众位神灵、众位哥哥姐姐们，
　　我就是为这事来拜见各位的。
　　你们不要犹豫了，
　　快去救救他们吧！"
土拨鼠小精灵哭得
　　那么悲伤、真切，
　　感人肺腑。
舒克都哩艾曼的上下人众，
　　无不为之动情。
她真是一位乐于助人的好使者，
　　一位热心无私的萨满神。

夹昆、塔思哈、木克三位大萨满，
齐向恩切布库女神请命：
　　"请女神准许我们前去
　　　　拯救那些受苦受难的人们。"
恩切布库女神以她锐敏的眼神
　　和通天彻地的灵感，
觉着土拨鼠有些虚张声势，
可又想到土拨鼠小精灵
　　乃天母阿布卡赫赫身边的爱将，
她的忠诚和赤心经常受到天母的称颂。
土拨鼠小精灵
　　是地心的神祇，
她能洞晓地火的征兆，
或许事情真像她说的那样，
这也未尝不可。
又看土拨鼠小精灵心急如焚，
悲痛万分的样子，
不像是在说谎。
这样一位忠于职守的
　　使者亲自来报信，
　　怎可迟疑不定？
恩切布库女神打消了疑虑，
反而觉得自己太粗心，
竟然事先没有觉察到。
现在，恩切布库女神身边的诸神，
　　以及所有艾曼的族众，
都是一个心情：
　　快去拯救被地火蹂躏的同伴。
恩切布库女神
　　命艾曼的全体族众，
　　赶紧出发。
夹昆妈妈的艾曼走在最前面，
塔思哈妈妈的艾曼紧紧跟随，

木克妈妈的艾曼断后，
此外还有不少大大小小艾曼的精灵们，
都一字长蛇阵似的紧跟其后。
土拨鼠小精灵
　　摇晃着她的小独角，
　　在前面带路，
　　一副兴高采烈，
　　得意洋洋的样子。


德乌咧——　德乌咧——
土拨鼠小精灵
　　走哇，走，
　　跑哇，跑，
众人也都心急如焚，
没有丝毫杂念地
　　向前飞跑。
突然间，
天一下黑下来了，
伸手不见五指。
紧接着，
乌云翻滚，
电闪雷鸣，
恶风呼啸，
飞沙走石，
天上下起了倾盆大雨。
龙卷风般的飓风，
向人们袭来，
吹得人睁不开眼睛。
众人非常惊奇，
不知道发生了什么事。
突然，轰隆隆一阵巨响，
前面的大山裂开了一条缝，

从里面涌出来的洪水，

像天河水一样，

汹涌澎湃，

势不可挡。

艾曼的人们

　　惊恐万状，

　　不知所措，

　　不少人被洪水冲走。

就在人们呼喊、挣扎的时候，

天空响起一声炸雷，

闪电中出现了恶魔耶鲁里的身影。

耶鲁里顶天立地，

张着血盆大口，

在飓风中狂笑着：

　　"恩切布库、夹昆、塔思哈、木克，

　　你们上当了！

　　哈！哈！哈！哈！

　　我不是什么土拨鼠，

　　我是威武勇猛的耶鲁里。

　　你们以为堪扎阿林成了你们的吗？

　　哼！你们得意得太早了，

　　我这次来就是要收拾你们的。

　　哈！哈！哈！哈！"

众人这才知道上了当，

原来他们见到的土拨鼠，

　　并不是真正的温和可爱的小土拨鼠，

　　而是恶魔耶鲁里的变形。

恩切布库女神

　　恨自己太疏忽，

　　太大意了，

辜负了天母对自己的嘱托，

辜负了族人对自己的信赖。

她感到非常后悔，

一面赶紧传告艾曼的人们
　　快快往高山上逃，
　　往树林里躲，
一面又变成一个
　　滚动着的小火珠。
火珠呜呜直响，
越滚越大，
越滚越圆，
滚成一个顶天立地的大火球。
火球散发出的无穷热量，
像太阳一样
　　光芒四射。
照彻了宇宙，
照亮了大地。
暴雨、洪水
　　被熊熊的热焰
　　　蒸发了。
大地露出了容颜，
太阳露出了笑脸。
可是恶魔耶鲁里
　　已经把一些族众
　　　引进了一条深谷绝境，
因为有高山阻挡，
火球的光芒照射不到，
所以那里还是汪洋一片，
不少族众仍被淹没在洪水之中。


德乌咧—— 德乌咧——
突如其来的灾祸，
使艾曼的部众防不胜防。
耶鲁里得意忘形地大喊大叫：
　　"恩切布库，

你们早晚还得被我制服，
大地还得由我说了算。
哈！哈！哈！哈！"
恩切布库女神暴怒了，
她变成的火球顿时飞起，
直射天空。
在天空施威的耶鲁里
一见火球向他袭来，
吓得慌忙逃窜，
火球在后面紧追不放。
这时候，
夹昆妈妈化成千百只雄鹰，
飞翔而下，
抓走在水中挣扎着的族众们。
塔思哈妈妈也显出自己的神形，
变成千万只猛虎，
驮走在水中狂叫的族众们。
木克妈妈变成千万只水獭和龟鳖，
驮走在水中挣扎着的族众们。
恩切布库女神用自己变成的火珠，
追烧着恶魔耶鲁里。
耶鲁里被烈火烧得吱哇乱叫，
猖狂逃进地窟。
大地上的洪水干涸了，
大地上的森林重现了，
艾曼的族众得救了，
一场灾难被平息了。
恶魔耶鲁里虽然又被撵到了地下，
可各艾曼的族众
已被洪涛吞噬无数。
各艾曼衣食用物
荡然无存。
惨痛的教训，

血的代价啊!

德乌咧——　德乌咧——
假土拨鼠的突袭,
擦亮了善良人的眼睛,
增长了憨实人的见识。
原来生活并不简单,
既要有善良的赤诚,
又要有警觉的目光。
善良、慈爱
　　　是可贵的美德,
警觉、多思、审时度势
　　　更是安身立命的根本。
魔鬼是谎言与迷惑的变种,
魔鬼是欺诈与伪装的化身。
要学会爱助与防范同生,
要学会善良与警觉并行。
路,要永远走下去,
生命,要永远不被窒息。
可怜、弱小的艾曼
　　　要想永立不败之地,
　　　就要记住魔鬼的丑恶面目。


德乌咧——　德乌咧——
恩切布库女神率领各艾曼的残部,
回到了堪扎阿林山下
　　　——坦布尔比拉驻地。
他们重新拢起篝火,
他们重新修整被冲散的幕帐,
他们重新开伐荒地,
他们重新构筑居室,

建造美好的家园。
艾曼里的歌声
　　吟唱起来了，
艾曼里的生活
　　活跃起来了。
俗话说："吃一堑，长一智。"
族众们懂得了分辨，
族众们懂得了珍惜，
族众们懂得了长幼尊卑，
族众们懂得了族规戒律。
族众们还懂得
　　必须选出护卫艾曼的壮勇，
使他们像雄鹰的利爪，
　　猛虎的利齿，
　　鲸鱼的利尾，
　　巨蟒的利毒，
时刻保卫着艾曼的安宁。
于是，
艾曼精选出最壮勇的珊延哈哈，
艾曼精选出最机灵的珊延赫赫。
艾曼最古最古先有的就是祭礼，
艾曼最古最古先有的就是护卫。
恩切布库女神统领的舒克都哩艾曼，
　　日子又一天天好起来了。

# 第五章　开拓新天地

德乌咧——，德乌咧——
舒克都哩艾曼的人们
　　像所有的野人一样，
　　终年生活旷野草莽，
　　不懂架屋盖房。
恩切布库女神重生人世后，
教会愚蠢的野氓
　　学用干枝藤草
　　　　围架篷帐，
　　冬夏偎依在古树古藤之中，
　　躲藏雨雪雷电燥热风狂。
野民为何不进洞窟安居呢？
黝黑而深邃的洞窟，
伸手不见指掌，
寒冰瑟瑟，
且被成群的猛兽和巨蟒
　　——耶鲁里的化形
　　"古鲁古"①魔王霸据着，
不用之地又释放毒气，
野氓们哪敢靠近。
夹昆、塔思哈、木克
　　以及所有精灵艾曼族众，
看熊黑洞中出入，

---

① 古鲁古：满语，野兽。

看蝙蝠洞中倒悬，
看獾豹洞中繁衍，
看蟒蛇洞中爬窜。
多么令人羡慕憧憬啊！
为何它们能永据古洞，
我们就不可借洞一安？
如今，野人们有了自己的太阳，
　　再也不是懦弱之将。
天母阿布卡赫赫
　　赐予所有莽林山冈，
都是育儿养女的生息之场，
理应由人来占有，
要显示人的威猛，
要发挥人的智慧。
人是大地之子，
人是万牲之王，
不容有任何疑虑和彷徨。
恩切布库女神盛赞众人的心愿：
　　"好啊！好啊！
　　只要齐心协力，
　　一往无前，
　　苦争苦斗，
　　就一定有个身暖食饱的家园。"


德乌咧——　德乌咧——
夹昆妈妈、塔思哈妈妈、木克妈妈
　　和大小艾曼的人，
由恩切布库女神教领，
选石块，
磨石块，
做尖矛，
削劈刀，

攒石蛋。
教艾曼的人
砍坚木，
做棍棒，
捆上刃石、尖石，
锋利无比。
齐向洞窟魔怪厮拼。


德乌咧——　德乌咧——
单说堪扎阿林南山一带，
有大大小小九十个洞窟，
被黑熊王和棕熊王霸占。
它们得到魔鬼耶鲁里的密报，
早做好了准备，
一旦夹昆艾曼的人来攻占，
就蜂拥而上，
拍死这些族众。
夹昆妈妈命族众，
隐藏在这些洞穴周围，
一连十几个日出日落。
一天，
众熊黑正在洞窟中困守，
突然发现很多山鹰
从远处叼来蜂巢，
一个，两个，
十个，百个……
漫天蜜蜂，
空中鸣响。
漫天、漫山、漫林
飘散着花蜜的芳香。
清风将蜜香不断地
吹进深深的洞窟。

洞中的熊黑
　　　　闻到了蜜香味,
　　　　垂涎欲滴。
众熊黑观察到洞外没有敌人,
齐跑出洞穴,
冲入蜂群争抢蜂巢,
掏吃巢中的甜蜜。
随着夹昆妈妈的一声鹰叫,
隐藏在密林中的
　　　　雄鹰全都飞下,
　　　　直啄熊黑双眼。
熊黑被啄瞎了眼睛,
　　　　疼得满地打滚、嚎叫,
　　　　狼狈逃窜。
从此,
夹昆艾曼的族众
　　　　住进了南山洞窟,
　　　　生活更加遂心如意。
熊黑们只好在林莽中搭窝居住。


德乌咧—— 德乌咧——
塔思哈妈妈率领艾曼的族众
　　　　到了堪扎阿林北山。
北山上大大小小的洞穴,
分布在高低不等的
　　　　山谷之中,
　　　　参差不齐。
恩切布库女神嘱咐塔思哈妈妈:
　　　　"蟒蛇大都藏匿洞中,
　　　　轻易不出洞,
　　　　只有以火攻取,
　　　　才能把这些蟒蛇赶出洞穴。"

于是，塔思哈妈妈率众人
　　来到了堪扎阿林北山。
他们拣来无数柴草，
将洞口塞得严严实实，
又取来石块互相撞击，
产生的火花
　　将洞口的柴草点燃。
顿时，
堪扎阿林北山的所有洞穴浓烟四起。
恩切布库女神、塔思哈妈妈又使用神术，
　　将浓烟、烈火吹到洞穴之中。
洞中的蟒蛇慌忙从洞里爬出，
逃入草丛、林莽
　　或其他小洞穴。
北山的洞窟
　　被塔思哈艾曼的族众
　　　　占据下来。


德乌咧——　德乌咧——
木克妈妈率领水路艾曼的族众
　　到了堪扎阿林东山。
东山的洞窟大都在河边、海滩。
洞窟中居住着许多金钱豹、山狸子和猞猁。
它们专吃幼鸟和鸟蛋。
堪扎阿林东山山巅有条美丽的河，
传说是天母阿布卡赫赫和侍女们沐浴的地方。
河水清澈透明，
非常温暖，
冬夏不结冰。
木克妈妈使用神术，
将河水装入背囊，
背到山上，

让河水从山顶向下流淌。
一夜之间，
热泉水流入东山水滨的所有洞窟。
洞中的野豹、野狸、猞猁
　　全都跑到洞外，
　　逃之夭夭。
木克妈妈又将洞中的水收回，
重新注入天湖。
从此，
木克艾曼的族众
　　住进了东海海滨的洞窟。


德乌咧——　德乌咧——
恩切布库女神
　　又帮助弱小的精灵艾曼，
用烈火烧尽了西山洞中的
　　蜈蚣、蚰蜒和地蝼蛄，
精灵艾曼的族众也住进了洞穴。
舒克都哩艾曼的人们
　　欢欢喜喜，
搬进了亘古未住过的古洞，
有了不怕风吹日晒，
　　不怕霜寒雪打，
　　温暖舒适的家园。
往昔的野人
　　有了新的称号
　　　　——"堪扎洞主"。


德乌咧——　德乌咧——
生活陶冶着人的情操，
　　磨炼着人的意志。

人们自从住进山洞以后，
发现山洞真可谓是天堂，
洞中挡风遮雨，
温暖如春。
这又是御敌、防敌、避敌之所，
只要守紧洞门，
就安宁无恙。
人们还在洞中
　　凿掘泥土，
　　洞中挖洞。
洞中有居室、有地仓，
食物不易腐烂，
可经久存放。
从此，人们学会了建筑地屋，
围起木墙，
盖上梁木，
地屋里又发明了地下火灶，
洞屋修缮得越来越精巧耐用。


德乌咧——　德乌咧——
地屋越建越多，
　　越建越深，
　　越建越大。
凡事有乐就有苦，
　　有喜也有悲。
洞窟既是舒心的安乐窝，
洞窟又是伤身的疾患所。
天然的山洞太宽阔，
洞里常有地泉、地水，
住在山洞的人们多半在
　　阴暗、潮湿、寒冷中度日，
日久难见阳光。

瘘背、骨痛、酸软乏力，
双眼迷茫失明，
难与野兽拼争。
日久天长，
人们发现掘地以后，
架木烘烤，
地土干燥、坚硬，
再没有潮湿、泥水和霉气。


德乌咧——　　德乌咧——
地室总是将人们和阳光隔绝，
空气不通畅，
且常有沼气袭人。
恩切布库女神和众位妈妈，
　　共同仿学禽鸟鹰隼之能，
引导艾曼的族众
　　在树上筑巢、筑屋，
这就是赫赫有名的树屋。
族人们选在百余年的古树之上，
筑起大小不等的各种房屋，
有的粗壮的树上搭有两到三个不同的小屋，
都绑钉与地面相通的软梯子。
为防备猛兽袭扰，
到了夜间，
这些软梯子还可以收起来。
有了树屋，
再不怕地湿地水，
再不怕猛兽偷袭。
住在高树屋里，
阳光充沛，
清新畅爽，
如同吮抱着妈妈的裸乳，

甜蜜美满。
树屋越建越多，
越建越完美。
后来又出现了
　　单巢、双巢、连环巢。
林海中树屋相连，
像数不清的鹊巢。


德乌咧—— 德乌咧——
堪扎阿林群山环绕，
山岭连绵数百里，
有无数个山脉，
无数个沟谷，
无数处丛林，
无数条小溪，
恩切布库所统领的
　　舒克都哩艾曼，
仅占这广袤沃野中
　　的一个小山沟，
很多地方他们还没有到过。
在堪扎阿林南山，
有一片一眼望不到边的平原。
百花盛开，
莺歌燕舞，
成群的獐狍野鹿奔跑嬉闹。
平原上有条河，
叫色尔丹比拉。
河水是从堪扎阿林山上喷出的泉水，
蜿蜒曲折，
流入大海。
色尔丹比拉鱼虾成群，
是富饶的鱼米之乡。

这里盛产大马哈鱼，
大马哈鱼逆水而上，
到色尔丹比拉排卵产子，
鱼子又随着水流流入大海。
鱼子进入大海以后，
孵化成鱼秧，
长到一定时候，
它们又逆水而上，
回到色尔丹比拉。
小鱼长成十几斤、
　　二十几斤重大鱼的时候，
母鱼开始排卵，
鱼子随着水流进入大海，
循环往复。
每到初秋时节，
逆水而上的大马哈鱼，
拼命地游到色尔丹比拉，
生儿育女。
鱼挨鱼、鱼碰鱼，
密密麻麻，
一片翻腾。
色尔丹比拉是一条
　　生命的河，
　　欢乐的河，
　　兴旺的河。


德乌咧——　德乌咧——
大马哈鱼的鱼肉
　　红嫩鲜美，
大马哈鱼的鱼子
　　又大又香，
它是当地野人重要的口粮。

大马哈鱼可以生吃，
　　可以炖吃，
　　可以烤吃。
只要一烤起生鱼片，
香气就会招来数十只棕熊，
上百只豺狼，
数百只鹰鹊。
猎手们用利箭、树枪 、丝网，
　　能轻易捕捉到
　　　　被香气诱来的
　　　　熊、狼、鹰、鹊、乌鸦等。
大马哈鱼的鱼皮
　　经过鞣韧、捶打，
　　柔软耐磨，
　　可以缝制衣服，
　　是当地一宝。
色尔丹比拉比恩切布库女神
　　所统领的布尔丹比拉
　　美丽富饶百倍、千倍，
它是堪扎阿林的天堂，
是方圆百里各艾曼的族众
　　翘首憧憬的地方。
布尔丹比拉和色尔丹比拉
　　都是从堪扎阿林流出来的姐妹河，
一个在山的北坡，
一个在山的东南坡。
这两条河的河水清澈见底，
从河面往下望，
能够清楚地看到
　　河里的石块、石砾，
　　游动的小鱼、小虾、
　　蝼蛄和河蟹，
这里也是河蟹流入大海的入海口。

堪扎阿林的动物和鸟禽
　　都愿意到这两条姐妹河边
　　　　嬉水、安歇。
布尔丹比拉和色尔丹比拉
　　同是堪扎阿林的女儿河，
　　是美妙、神奇的并蒂花。


德乌咧——　德乌咧——
俗话说：
　　一母生十女，
　　十女不一样。
堪扎阿林两条姐妹河各有千秋。
布尔丹比拉
　　缠绕在崇山峻岭之中，
　　两岸密林重重，
　　峻石叠嶂。
色尔丹比拉
　　流淌在平畴沃野之上，
　　两岸繁花似锦，
　　水肥土美。
布尔丹比拉来自堪扎阿林北部，
阳光难以照射，
常年积雪茫茫。
色尔丹比拉来自堪扎阿林东南部，
阳光充沛，
万物滋生，
所有生命心甘情愿
　　投奔色尔丹比拉。
然而，美丽的富庶之地，
却被凶恶的魔鬼艾曼霸占。
艾曼的首领是双头怪，
名叫满凯。

满凯长得恐怖奇丑，

两个脑袋，

两个身子，

是个双身怪魔。

满凯的两个怪脑，

智慧超过常人。

他吃人肉，

喝人血，

成了堪扎阿林一带

　　凶残野蛮、杀人成性的大魔怪，

他是恶魔耶鲁里的得意心腹。

恶魔耶鲁里庇护它兴妖作乱，

　　助他执掌色尔丹比拉。

恶魔耶鲁里自从败北后，

时刻幻想重返尘世，

唆使双头魔怪满凯，

时时派出大小魔怪，

抢掠舒克都哩艾曼的

　　野鹿、野兔、山鸡，

向布尔丹比拉上游释放瘟毒，

使舒克都哩艾曼的族众

　　腹泻、体虚、瘦弱而死。

舒克都哩艾曼的欢乐

　　被双头魔怪满凯夺走了；

舒克都哩艾曼的宁静

　　被双头魔怪满凯搅乱了；

舒克都哩艾曼的希望

　　被双头魔怪满凯破灭了。

恩切布库女神

　　祈求天神阿布卡赫赫

　　　　帮助布尔丹比拉，

　　不能让恶魔耶鲁里的

　　　　诡计得逞，

不能让恶魔耶鲁里的
毒瘤膨生。


德乌咧——　德乌咧——
舒克都哩艾曼所有萨满，
在堪扎阿林高崖上设神坛祭祷。
他们把豹皮熟成白板，
在白板皮上彩绘九面大旗：
日旗、月旗、云旗、雷旗、
风旗、鹰旗、虎旗、熊旗、蟒旗，
把全部族的人召集到神旗之下，
用熊白板皮做大小九十九面神鼓，
用鲸鱼白板皮做大小九十九面神鼓，
用海象白板皮做大小九十九面神鼓，
用海狮白板皮做大小十面神鼓，
用海豹白板皮做大小十面神鼓，
用海牛白板皮做大小十面神鼓，
用驼鹿白板皮做大小十面神鼓。
九十九面憾天雷，
九十九面开天鼓，
九十九面震魔刀，
九十九面排妖铲。
这是最叱咤风云的神灵，
这是最凶悍无比的降魔。
敲响宇内大地，
震住恶魔凶焰，
激唤族众心魄，
收服魔怪恶魂。
猖嚣一时的
色尔丹比拉大魔怪，
失去往日的狰狞，
拜伏叩地，

乖乖就擒。

德乌咧——　德乌咧——
恩钝的野人变成智者，
瘦弱的野人变成强人。
没头的虾蟆变成
　　无往不胜的生力军。
舒克都哩艾曼声喧四野，
堪扎阿林所有山脉，
　　所有沟沟岭岭，
　　所有大小河川，
到处有舒克都哩艾曼的族众。
舒克都哩安班统领
　　就是仁慈、伟大的
　　恩切布库女神。
她统领七十二个艾曼，
堪扎阿林东南山麓
　　成为舒克都哩艾曼的心脏，
周围遍布其他大小艾曼。
恩切布库女神又命人镌刻
　　舒克都哩艾曼的总标志
　　　　——图喇神柱。
神柱上镌刻着
　　恩切布库女神的伟业：
　　　　从野人到创建艾曼，
　　　　征服双头魔怪，
　　　　乃至现在威震八方的英雄伟绩。
这个图喇柱不单是徽号柱，
还是舒克都哩艾曼的
　　英雄柱、镇妖柱。
不仅如此，
围绕舒克都哩心脏的四周图喇柱，
都成为各艾曼的徽号，

有的用泥，
有的用石，
有的用骨，
有的用木，
雕刻出不同样式，
高大挺拔。
夹昆艾曼的图喇柱，
是用一块巨石刻成的
　　　鹰头人身石像。
凶嚣的鹰眼，
锐利的鹰嘴，
展翅翱翔的翅膀，
威武雄俊。
塔思哈艾曼的图喇柱
　　　是个半山高的虎头柱。
巨石雕刻的虎头威风凛凛，
虎目圆睁，
口吐红舌，
矗立高山之巅，
雄伟壮观。
木克艾曼的图喇柱毫不逊色，
风采媚人的女海神
　　　伫立海涛之上。
海涛中刻满海鱼、海蟹，
显示东海的
　　　殷富、浩渺，
　　　神秘而崇高。
每个大小精灵艾曼也按自己的特点，
刻出醒目的图喇柱。
从此，
北方古老的民族中，
世世代代都镌刻自己氏族的图喇柱。
图喇柱的声名

传颂百代，

越亮越响。


德乌咧——　德乌咧——

恩切布库女神一鼓作气，

又把堪扎阿林百里外的

艾曼也都收降过来。

从此，

堪扎阿林四周的艾曼，

都归属于舒克都哩艾曼的支脉。

艾曼的野人，

都成为舒克都哩艾曼的新成员。

恩切布库女神又为他们

选出新的首领、

新的分支萨满。

舒克都哩安班艾曼

在恩切布库女神的治理下，

互助友爱，

日子一天比一天美好。


德乌咧——　德乌咧——

在舒克都哩安班艾曼安排就绪之时，

听说在离他们西界不太遥远的地方，

有个九尾貂在作祟，

残害族众，

为非作歹。

于是，

族众请求恩切布库女神，

赶紧去堪扎阿林西界，

拯救那些苦难的弟兄。

恩切布库女神同众位艾曼的

首领和萨满们商议，
大家一致表示：
　　　　不能因为道路的遥远，
　　　　山川的崎岖，
　　　　九尾貂的凶狠，
　　我们就胆怯、袖手旁观。
　　我们应该勇往直前，
　　制服九尾貂恶魔，
　　让那里的弟兄跟咱们一样，
　　过着平等、幸福、安适的生活，
　　再不受恶魔的凌辱，
　　再不受恶魔的欺压。
壮男、壮女们争先恐后，
翻山越岭。
没有路，
自己开路。
没有道，
自己寻道。
恩切布库女神让木克妈妈
　　施展她的萨满神威，
　　调来了天湖和东海水，
　　淹没九尾貂的洞窟。
恩切布库女神拿出火珠子，
用烈火焚烧九尾貂魔怪。
她又让塔思哈妈妈
　　化形出百只猛虎，
　　蹲在九尾貂巢外。
单说九尾貂魔怪和众小妖们，
从来没受过惩治，
自认为天下第一，
　　无拘无束，
　　任意妄为。
这天，

九尾貂和他的群魔们睡得正香，
突然洞里到处都是水，
且伴有烈火袭来。
有的小妖被淹死；
有的小妖被烧死；
有的小妖吓得争抢着
　　　从地窟的梯子往外爬。
在洞外等候多时的
　　　猛虎和雄鹰，
　　　冲上前去，
　　　将群魔团团包围。
这些世代安逸，
肥胖如猪，
奔跑无力的群魔们，
很快被舒克都哩艾曼的
　　　族众杀死、烧死。
称霸堪扎阿林西路的
　　　九尾貂艾曼，
一夜工夫就遭全歼。


德乌咧——　德乌咧——
在堪扎阿林北界附近，
有一个五毒蝎魔窟，
作恶多端，
横行霸道。
恩切布库女神
　　　得到求救呼号，
　　　非常难过。
她率领艾曼的勇士们，
拿着棍棒、石刀、石矛、骨针，
悄悄夜穿林莽，
进入堪扎阿林北路宽阔的平野，

向五毒蝎洞穴发起攻击：

　　　火焚，

　　　鹰啄，

　　　虎食，

　　　狂涛。

恩切布库妈妈又请来

　　　土拨鼠、刺猬、蝼蛄、

　　　蚂蚁、蚯蚓……

众精灵打洞，

将狂涛、巨火

　　　引入五毒蝎居住的洞窟之中。

五毒蝎世世代代占洞为王，

万万没想到，

会有族众敢杀入它的领地。

恶贯满盈的恶魔，

酣睡中一命呜呼，

五毒蝎温暖的洞窟，

　　　变成了无声的坟冢。

经过恩切布库女神和族众们的拼争，

堪扎阿林广袤的沃土，

　　　都归入舒克都哩艾曼掌控之中。

所有精灵、魔怪、百兽、众禽

　　　尊敬女神妈妈恩切布库，

　　　不敢有任何亵渎和傲慢。

# 第六章　传下了婚规和籽种

德乌咧——　德乌咧——
人生在世，
情同万物。
传宗接代，
生儿育女。
千古永替，
生命不息。
生育是天母阿布卡赫赫
　　赋予尘世万物的职责和权利，
举凡世间育嗣永继，
禽兽、虫卉和草芥无一例外，
循环往复，
乃无穷止。
流水贵其源，
树木重其根。
生人牝为首，
主母位如神。
群男拥女魁，
众部应运生。
生母推为首，
壮男争其宠。
子嗣唯知母，
孕子视为天。
亘古不识父，
代代成自然。

生命的婚媾，
难休难止。
同餐一灶饭，
同饮一坛水。
同宿一铺炕，
同尊一个母。
古称"妈妈窝"，
本系一根肠，
情不如万牲。
禽知躲亲，
兽避生母。
人情相昵，
阴阳相吸。
不知长幼，
不晓年辈。
不忌母子，
不忌父女，
不忌兄妹，
不忌姐弟。
"妈妈窝"中一炕男女，
朝朝暮暮，
随之而动。
畸形怪胎，
瘦羸癫痴，
陋态矮人。
部落衰危，
艾曼重负。
人要真正强壮起来，
就必须抓好婚育之事。


德乌咧—— 德乌咧——
恩切布库女神在舒克都哩艾曼

　　首次严行男女禁性，
男女相合，
必是外部相送。
恩切布库女神乍一提出，
艾曼上下哗然。
所有人都觉得女神幼稚可笑。
夹昆艾曼的族众
　　不满恩切布库女神的规定，
　　从心里怨恨恩切布库妈妈。
塔思哈艾曼的族众
　　听了恩切布库女神的告诫，
　　怒而生怨，
　　申斥女神多管闲事。
木克艾曼的族众
　　嘲笑恩切布库女神
　　　净抓男根女窝俗事。
大大小小精灵艾曼的族众
　　不听阻劝，
　　恣意妄为。


德乌咧——　德乌咧——
恩切布库女神见规劝解释，
　　改变不了数千年来
　　　亘古一贯的恶习，
为此，
恩切布库女神爱心悯悯，
将由于混居紊乱、内婚，
生出的畸形男女，
收养起来，
组成一个残童"营子"。
开始时，
众位妈妈没把乱婚

当成一回事，
当恩切布库女神
　　把她们领到残童"营子"时，
眼前的情景使她们大为震惊：
　　有的人三只脚，
　　有的人一只眼，
　　有的人两个身子，
　　有的人两个脑袋，
　　有的人痴呆芥傻，
　　有的人半男半女。
可悲可怜，
心酸难忍！
众位妈妈开始重视
　　恩切布库女神的话，
要让子孙健康的繁衍。
她们主动帮助残童"营子"里
　　那些身残体弱的人。
早年这些伤残的人
　　多被自然淘汰，
　　或被野兽吞食，
　　或自己死去。
现在这些被抛弃的人，
这些畸形的人，
这些可悲可怜的人，
这些不能自食其力的人，
全被他们收拢到一起，
由专人侍奉他们。
残童"营子"成为整个舒克都哩艾曼
　　最让人动魄的地方，
　　最让人关心的地方。

德乌咧——　德乌咧——

恩切布库女神

　　深知几千年的痼疾，

　　非一时规劝可以制止。

积年的惨痛、悲剧、习俗，

必须经过强力，

　　才可扭转。

于是，她祈请萨满神灵，

向所有族众宣布：

　　"从即日起，

　　艾曼内再不可男女相和。

　　我舒克都哩艾曼的上下人众，

　　必遵天母阿布卡赫赫和众神灵的训诲，

　　按照神灵的训喻养育子孙。"

恩切布库女神以她

　　坚毅的雄心，

　　严峻的神态，

　　宣告新的禁律：

　　　　"任何人不可违拗神的意志。

　　　　违者神人共诛，

　　　　必遭天谴。"


德乌咧——　　德乌咧——

艾曼设立了巡查营子，

由神鹰三千日夜巡守，

每遇私通者，

必扦眼、剖腹、扯断脚筋，

　　身残立毙，

　　概不姑息。

舒克都哩艾曼所有角落，

都被女神派出的雄鹰

　　锐敏的双目监视、控狩，

经年累月，

顽习渐消。
艾曼男女，
互相见面惊而四避，
不敢相嬉流连，
渐渐规而成习。
男女相敬如宾，
礼让有加。
女人是生命之源，
女人是生命之本。
艾曼最敬重女人，
形成良风，
世代沿袭。


德乌咧—— 德乌咧——
恩切布库女神创制的婚规
　　渐渐传播开去。
夹昆、塔思哈、木克
　　及所有大小艾曼，
因不是一个"妈妈窝"，
可以定时互选男女配偶。
凡每年春暖花开之时，
在阔野溪边，
鸟语花香之地，
搭建"花屋""草堂""皮篷"，
编织"婚床""婚帐"。
恩切布库女神
　　分给各艾曼适龄男女
　　每人一片彩色翎羽。
男女双方在互唱情歌时，
将彩翎插在中意人头上，
倾吐爱慕之情，
携手进入"花屋"相交。

各艾曼的男女，
在欢乐的野合中相合相配，
留下自己的后代。
于是，
在艾曼中留下了许多
　　野合的歌舞，
　　野合的"花屋"。
凡是云雀高歌之处，
就是野合的新人相会之地。
凡是乌鸦鸣叫之处，
便是惩治违规人之所。
久而久之，
形成了氏族的法规。
人人都把一年一度的野合，
视为最美好的时刻，
而且，
都严格按照野合的规则处事。
纵欲和违欲
　　要遭到族人的唾弃和谴责，
被视为可耻。


德乌咧——　德乌咧——
这是男女最甜蜜的日子，
从此留下痴情的野合之风，
　　传下男女相亲之规。
母子、父女、兄妹的相合，
在世间绝迹。
野合规则，
人人恪守，
不敢违拗，
沿袭下来。

德乌咧—— 德乌咧——

恩切布库女神力挽狂澜，

扭转了过去陈腐的生活，

拯救了人类，

拯救了艾曼。

艾曼日益强大，

人人体魄健壮。

女人像彩鸾，

男人像猛虎。

每年冰河解冻，

绿草茵茵，

遍地杂花生树，

柳浪莺啼之时，

夹昆妈妈、塔思哈妈妈、木克妈妈

　　和众精灵妈妈互相邀会，

带领各自的男女

　　来到选定的场地，

　　搭盖柳屋，

　　花卉悬门，

　　载歌载舞，

　　抒发情怀。

互相间只要有中意的人，

便可以摆手作舞，

双方欢聚数日。

亦有常住经年，

生了儿女以后，

男随父，

女随母，

到亲人的艾曼生存，

或者另选新地居住下来。

儿女长成人，

也可另立门户，

加入新的艾曼，
又可依照父母之俗，
成人男女再相会，
重寻野合之欢。


德乌咧—— 德乌咧——
舒克都哩艾曼子孙绵延，
堪扎阿林山麓生机盎然。
舒克都哩人口日多，
堪扎阿林土地显少。
树上的果实吃光了，
河里的鱼虾不多了，
衣食补给出现了困难。
艾曼的人为渔猎
　　日夜奔忙劳碌，
　　依旧食用不足，
　　连盐巴都很难寻找。
饥饿难耐，
啃肉嚼骨。
生活日渐艰难，
寿命日渐缩短。
恩切布库女神
　　为人丁的兴旺操劳，
恩切布库女神
　　为人丁的体魄心焦。
日日苦思，
夜夜冥想。
地上的蚁穴又密又多，
天上的飞鸟轻盈矫健，
树林中的小草嫩绿顽强，
溪水中的鱼群活蹦乱跳。
它们依靠的是什么力量？

这又是谁的安排？


德乌咧——　德乌咧——
这是大地的托举，
这是大地的赐予，
这是大地的气概，
这是大地的孕育。
应学蝼蚁向大地要食，
应学百鸟向大地要粮。
蜂蚁吃花蕊可生活，
禽鸟吃粮粒可成长，
百怪靠土地来养育，
百兽靠森林来谋食。
我们就不能向大地讨粮吃？


德乌咧——　德乌咧——
恩切布库女神在凝思，
恩切布库女神在遐想。
忽然，远处飞来一只长尾花斑银翅鸟。
它把口中衔着的一株细草秸
　　　放到了恩切布库女神的面前，
一边鸣叫，
一边围着恩切布库女神飞翔。
恩切布库女神知道
　　　银翅鸟有事情要告诉她。
她仔细端详着小草秸，
循着鸟的叫声，
来到一片平川。
只见地里长满了丰圆的谷粒，
沉甸甸的谷穗，
在风中摇曳。

恩切布库女神越看越爱，
她走过去，
掐了一把野谷，
在手心上搓了搓。
酥脆的叶子绽开，
蹦出很多谷粒。
明晃晃的谷粒
　　使恩切布库女神眼前一亮，
她捏起几粒放在嘴里嚼着，
越嚼越香。
恩切布库女神明白了，
这是可以饱腹的口粮啊！
于是，
她命众位妈妈，
率领各自的族众，
来到这片平川旷野
　　勤采谷穗。
恩切布库女神又命人
　　把谷穗泡开，
　　在火上煎煮，
一股股诱人的香气
　　传遍山谷，
把堪扎阿林香醉了！
舒克都哩艾曼所有人
　　亘古第一次尝到了
　　　　水煮的籽粒野谷。
真是天降奇缘，
真是天赐之福。
舒克都哩艾曼所有人
　　都感激天母阿布卡赫赫
　　　　派神鸟送来了使人生存的粮食，
再不愁因风雪中寻觅不到食物
　　而空腹度日，

再不愁因同猛禽猛兽搏斗
　　而死于非命。
从此，
世上有了采集和狩猎之分，
有了粮果和肉食之分，
有了粮食、燔烤互用之法。
谷粮终有吃完的时候，
怎么办？
这又成了艾曼人的一大难题。
不能仿学众飞禽到处拣粮谷，
得想法子让粮谷
　　天天有，
　　年年有，
　　吃也吃不净。
恩切布库女神想啊，想，
想不出一个解决问题的方法。
有这么一天，
长尾花斑银翅鸟飞来了。
她将口里衔着的一粒籽种，
扔到了恩切布库女神帐前。
时隔数日，
籽种在阳光、雨水和暖风的爱抚下，
长出了绿芽。
绿芽越长越高，
碧绿葱翠。
谷苗使恩切布库女神领悟玄机，
她来到野谷生长的地方仔细察看，
发现野谷
　　春生，
　　夏长，
　　秋实，
　　冬藏。
　　年复一年，

代代如此。


德乌唎—— 德乌唎——
恩切布库女神和众位萨满妈妈，
找了块平畴之地，
将籽粒撒入泥土。
耐心地等啊，等啊，
小籽粒从泥土里绽出绿芽，
　　结出新谷。
舒克都哩艾曼的人们
　　懂得了耕种，
舒克都哩艾曼的人们
　　有了自己的田亩。
舒克都哩艾曼的人们
　　懂得了向大地要粮，
舒克都哩艾曼的人们
　　懂得了向大地要暖饱。
恩切布库女神教会族众
　　做石镐木犁，
恩切布库女神教会族众
　　做石铲木刀。
　　族众们不单学会采集野谷籽粒，
　　更学会遴选谷种。
舒克都哩艾曼的谷子
　　长得一年比一年好，
　　谷穗沉实厚重，
　　谷秸秆像小孩胳膊那样粗。
舒克都哩艾曼的人们
　　又采集田野中的藤豆籽粒，
　　并将野葱野蒜也种到艾曼。
艾曼有了自己的葱、蒜，
　　有了瓜、果、豆、蔬。

鸡犬相闻，
万里生机！

# 第七章　创制约法

德乌唎——　德乌唎——
俗话讲：
河水总不会清而又清，
人心总不会纯而无瑕。
十个指头伸出来还不一边齐哪，
十个兄弟哪都一条心。
舒克都哩艾曼的人众
　　虽有恩切布库女神的引领，
有众多艾曼妈妈、萨满精灵的庇护，
叵测的人却无法荡涤。
随着生活的饱暖，
　　衣食的舒适，
人的欲念也随之膨胀。
族人与族人间时常厮斗，
艾曼与艾曼间争吵不休。
利己之私，
人人皆有，
拈尖取巧，
害人肥己。
年年殴斗，
日日攻讦。
相互的友情淡了，
相互的赤爱少了，
相互的协助没了，
相互的照应丢了。

人心难测，
世态炎凉，
途旅险恶，
天怒人怨。
树上的锦鸡生出三只爪，
地上的白蛇长出两个头，
岩羊的头上竖着一只角，
池塘的蟾蛙少生一足蹼。
古怪的生灵，
罕见的病疾。
恶风熏染着尘世，
古昔陈风难寻觅。
世尘日盛，
江河日下。
恩切布库女神为族众的心术忧伤，
恩切布库女神为族众的心术慨叹。
江河水应东流，
日月光须辉映，
让伏魔的飓风吹洗乾坤，
让正义的纲纪重抚宇内。
力挽狂澜，
重塑新天。
古树参天靠培养，
幼苗茁长靠支扶。
恩切布库女神心急如焚，
恩切布库女神朝思暮想。


德乌咧——　德乌咧——
在堪扎阿林南坡百里荒林，
住着三个互不相亲的艾曼。
经年械斗，
血染沃原。

吵叫声，

满天的乌鹊盘旋；

吵叫声，

霍通的麋鹿惊遁；

吵叫声，

阔野的熊豹远迁；

吵叫声，

堪扎阿林地动山摇。

恩切布库女神慈悯世人的屠诛，

慈悯堪扎的血泪，

慈悯天道的颓败。

同是天下穹宇的兄弟，

同是阿布卡赫赫悲悯的儿女，

应该让他们得到新生，

应该让他们过上快乐的生活。

恩切布库女神命众妈妈们，

速速带领自己的族众，

将南山不相亲的人们

围赶到舒克都哩艾曼。

三个艾曼的人众因连年械斗，

精疲力尽，

身无缚鸡之力，

手无拼搏之能。

个个束手就缚，

成了阶下囚徒，

乖乖地被押到舒克都哩艾曼，

乖乖地就缚到恩切布库女神面前。

萨哈连乌勒赫玛发[1]

被囚在水塘边，

刷烟乌勒赫玛发[2]

---

[1] 萨哈连乌勒赫玛发：满语，黑角爷爷。

[2] 刷烟乌勒赫玛发：满语，黄角爷爷。

被困在树洞旁，

沙连乌勒赫玛发①

被困在石崖旁。

他们像三条野乌哈山②，

被牢牢地用皮条捆在各一方。

黑角爷爷、黄角爷爷、白角爷爷

是这三个艾曼的首领。

他们率领族众

终年厮斗，

打闹不息，

所有的族众

饱受灾难，

清贫如洗。

这三条乌哈山简直像三只疯狼，

两眼冒着火花，

恨不能将对方烧化。

这三条乌哈山又像三条毒蛇，

张着血盆大口，

恨不能毒死对方。

恩切布库女神

苦劝苦说，

无济于事。

恩切布库女神暴怒了，

命族众用柳条

狠狠抽打他们的屁股。

三个人的屁股

被打出了一道道血沟，

仍然叫骂不休，

没有一点回心转意的表情。

见此情景，

---

① 沙连乌勒赫玛发：满语，白角爷爷。

② 乌哈山：满语，牤牛。

恩切布库女神又命族众拿来火盆，
　　放在三人胯下熏烤。
三怪的屁股红了，
三怪的卵子红了，
团团的黑毛被烧焦了，
三怪照样唇枪舌剑，
互不服输。
恩切布库女神灵机一动，
水有源，
树有根。
找出三怪矛盾的症结，
找出三怪仇恨的原因，
因势利导，
解开三怪心中的怨恨，
打开三怪积年的仇锁，
使他们从仇恨的泥潭中走出来，
心平气和地坐到一起，
像兄弟一样和睦相亲。
恩切布库女神
　　把三怪的族众找来，
　　让族众谈谈他们的生活，
　　谈谈他们的首领。
只要众族人开口说话，
恩切布库女神
　　就能找到治病的良方，
就能找出问题的症结。
恩切布库女神
　　询问三艾曼的百名奴仆，
　　询问三艾曼的百名兵勇，
　　询问三艾曼的百名囚俘，
　　询问三艾曼的多位萨满，
得悉了三艾曼多年的结怨之由。
原来仇怨皆源于水源，

皆源于河滩草坪，

皆源于松林猎场。

他们为了争夺

水源、草场、猎场，

年年争杀不息，

结下仇冤。

相互以强凌弱，

相互以暴抑暴，

相互以武镇武，

相互以势凌人。


德乌咧——  德乌咧——

恩切布库女神洞悉了

三艾曼经年仇杀的内情，

恩切布库女神知晓了

三艾曼永不友好的根苗。

恩切布库女神想出

使三艾曼联手的计策，

恩切布库女神谋划了

使三艾曼相亲相敬的举措。

恩切布库女神劝三怪

休要再喋喋争吵，

恩切布库女神劝三怪

不要再伤刺对方，

然而，

三怪仍叫骂不息。

恩切布库女神命夹昆妈妈

把三怪扔进长满蚂蟥的水塘。

蚂蟥叮咬着三怪。

三怪疼痛刺痒，

暴跳嚎叫。

恩切布库女神又命塔思哈妈妈

把三怪扔进睡满猛虎的虎圈。

恩切布库女神向三怪训诫：

"你们这些害群之马，

心黑得像煤炭，

已经没有了慈悯之情。

如果你们再执迷不悟，

猛虎就会受阿布卡赫赫之命，

一口把你们吞掉。

如果你们知错就改，

就能够走出虎圈，

开始你们的新生。"

七只吊睛猛虎

张牙舞爪地扑了过来。

虎爪踏在三怪的身上，

使劲地挠着。

三怪全身鲜血淋漓。

恩切布库女神使用了神术，

在三怪身上罩上一层金光。

金光四射，

直刺虎眼，

猛虎不敢进一步施虐。

三怪并不知情，

一个个吓得魂飞天外。

恩切布库女神接着说：

"阿布卡赫赫命你们

率族众好好生活。

以心爱人，

以智率人。

和和睦睦，

永不争斗。

你们却辜负了天母

对你们的期望和嘱托，

你们给世上

増加了多少悲伤和哭泣，

你们又给世上

留下了多少遗憾和伤痛。"

恩切布库女神苦口婆心地劝导，

使三怪惭愧地低下了头。

恩切布库女神又说：

"阿布卡赫赫繁育人类，

希冀能为世宇增辉，

期盼能为大地谋利。

人的一生何其短暂，

你们要珍惜分分秒秒，

多做好事。

不能再互相欺诈，

不能再互相残害。

尽全力为氏族献身，

尽全力为他人谋福，

才能被世人所敬仰。"

三怪茅塞顿开，

热泪盈眶，

起身向猛虎叩拜，

请求天母降罪。

恩切布库女神说：

"你们要是真心悔过，

就把你们的头伸向虎口，

让猛虎来验证你们的诚心。

如果你们虚情假意，

口是心非，

欺骗天母，

天母会照见你们的心田，

天母会洞悉你们的诡诈，

你们必遭猛虎的惩治，

你们休逃天母的降罪。"

三怪此时真心悔过，

一心请求自惩，
毫不犹豫地把头伸向虎口。
三怪闭着眼睛，
静静地等着猛虎快快咬死自己。
哪知道，
等了一气儿又一气儿，
虎牙并没咬向自己的头，
而且头周围那么绵软、舒服。
三怪觉得奇怪，
睁眼一看，
猛虎不见了，
自己正安卧在恩切布库女神
　　　巨大温暖的怀抱中。
女神轻轻地抚摸着三怪的头顶，
慈爱地嘱咐他们：
　　　"天母已经宽恕了你们。
　　　你们要以今天这件事来约束自己，
　　　告诫自己，
　　　激励自己。
　　　尔等还要记住，
　　　舌头没有不碰牙的。
　　　让神来判断你们的是非，
　　　让神来裁决你们的曲直。"
从此，
恩切布库女神留给后世神判大法。


德乌咧—— 德乌咧——
恩切布库女神还与三怪及
　　　众位萨满妈妈共同商议，
制定了神判戒规。
以神明判定公正，
以神明裁决善恶。

这是舒克都哩艾曼最古老的法规,
这是舒克都哩艾曼最古老的公约。
人们一传十,
　　　十传百。
每次神判都由萨满提出和裁定,
有时堆柴生火,
有事之人走进火中,
接受火的考验,
接受火的洗礼。
如果穿过火海
　　　无虑无殃,
视为心术纯正。
如果穿越火海,
　　　胆战心惊,
证明心中有鬼,
可以窥清其奸。
或者选好池塘,
凡有心怀不轨之人,
令其跳入神池,
　　　数日无恙,
　　　便可测其心。
或扔入虎豹之圈,
或睡入毒蟒之围,
　　　数日安宁,
　　　虎豹、虫蟒不伤其身,
　　　证明其心纯正无私。
选定首领和猎达,
亦用神判来裁决。
恩切布库女神自己有过,
也必须经过
　　　水火、猛禽、猛兽之关。
神判大法,
行效于艾曼族人之中,

行效于艾曼首领之间。

人人恪守，

人人践行。

# 第八章　魂归天国

德乌咧——　德乌咧——
花越开越盛，
火越燃越旺。
舒克都哩艾曼像满天的朝霞，
染满了堪扎阿林的各个角落。
在远离堪扎阿林千里之遥的海滨，
有许多海岛艾曼。
艾曼多以鸟的名字来表示，
像斑纹鸟、紫兰鸟、彩羽鸟、花翅鸟，
分别占据着海滨大小数百个岛屿，
筑巢架窝，
叽喳鸣唱，
仿佛众禽天国。


德乌咧——　德乌咧——
随着海岛人丁日多，
海岛间相互侵犯争斗时有发生，
风平浪静的大海，
变成喧闹的疆场。
争杀、格斗、倾轧、掳掠，
连连演出凄惨的悲剧。
圣洁的海水被血染了，
神圣的海疆被玷污了。
恩切布库女神让木克妈妈

率众乘筏进入广阔的海域，
平抚征战不休的岛民。


俗话说：
　　旱鸭子怕水。
夹昆艾曼、塔思哈艾曼的族众
　　习惯陆地生活，
　　到海上头昏目眩，
　　呕吐难耐。
恩切布库女神告诫众人：
　　"大海是太阳出生之地，
　　大海是鱼虾、盐药供应之所，
　　大海是乘风破浪的习武之地，
　　大海是我们的水上乐园，
　　我们要像海鸥一样，
　　把大海作为自己的窝巢。
　　不习惯的事可以变得习惯，
　　不熟悉的事永远不习惯。
　　孩子们哪，
　　海是一个美妙的世界。
　　在天母阿布卡赫赫初创宇宙，
　　与耶鲁里争夺宇内大权的时候，
　　遍地汪洋，
　　所有的生灵被淹没，
　　大地上的生命就要灭绝了。
　　在那最危急的时刻，
　　天母阿布卡赫赫
　　　　派来了拯救生灵的小海豹
　　　　　　——'环吉'妈妈。
　　小海豹游到了
　　　　在怒涛中拼命挣扎的
　　　　一对男女身边，
　　将这一男一女

送到一个绿岛上。
他们找到一个安全舒适的海滨洞穴，
　　栖身住了下来，
成了世上唯一的一对夫妻，
从此留下了生命。
他们生下的第一个小生命
　　是一位女婴，
女婴生下来没几天，
海水暴涨，
把到海边采食的一男一女
　　又卷入海浪之中，
冲到另一个无人居住的岛屿。
海滩上只留下一个呱呱啼叫的女婴，
啼叫声惊动了天母阿布卡赫赫，
她派身边的侍女
　　变成一只雄鹰，
　　把女婴叼走，
并把女婴哺育成人，
成为世上第一位女萨满。
女萨满的心灵，
女萨满的体魄，
女萨满的禀性，
女萨满的智慧，
都是鹰母所赐，
　　鹰母所育，
　　鹰母所传，
　　鹰母所训。
从此，
萨满有了鹰的胸襟，
　　鹰的神情，
　　鹰的卓识，
　　鹰的禀性。
世上再没有丝毫惧怕之危，

世上再没有不可逾越之地，
世上再没有不可高攀之域，
世上再没有不可驾驭之艰。
像鹰一样，
　　在恶域中搏击风云；
像鹰一样，
　　怜爱自己域内的弱族；
像鹰一样，
　　疾恶贪婪、懒惰和畏缩。
孩子们，冲出去吧！
关爱我们的寸寸海域，
探取大海为我们提供的衣食之源。"
在恩切布库女神的鼓励下，
人们再不怕海的咆哮，
再不厌海的怒涛，
再不惧海的深澈，
再不畏海的凶潮。
恩切布库女神教授族众
伐木造筏，
伐木刮舟。
从此，
有了交通工具
——舟船，
千里海疆，
往来如梭。
海被人们征服了，
海变得温柔可亲了。
人们不见海想海，
不去海念海。
人成了海的挚友，
人成了海的主人。

德乌咧——　德乌咧——
海上人远离大陆，
不易辨分方向，
恩切布库女神教授族众，
只要观察日出日落，
　　就能分辨东西南北；
只要夜观星辰之象，
　　就能分辨南北西东。
艾曼人成了顺风耳、千里眼，
晓测星云，
不差分厘。
星神、日神、月神
　　是计时、计位、计岁之神，
安全可靠，
准确无误。


德乌咧——　德乌咧——
就在恩切布库
　　率众征服海疆的时候，
一天清晨，
从太阳升起的方向
　　飞来一只海鸟。
海鸟红羽毛、长尾巴，
在恩切布库女神的头上转个不停，
叫声越来越大。
恩切布库女神知道神鸟有要事相告，
对它说：
　　"神鸟，你有什么事？
　　请说吧。"
红鸟一边飞舞，
　　一边鸣叫。
恩切布库女神忙让人划着木筏，

紧跟红鸟飞去的方向，

走了一段路，

红鸟不见了，

前方出现了一个岛屿。

岛屿上有座山，

恩切布库女神凭嗅觉知道这是座火山。

众人跳下木筏上了岛，

呈现在人们面前的是几个洞窟。

洞窟是火山喷发出来的岩浆

　　搭盖在巨石上形成的，

　　干燥、温暖。

洞窟里居住着一些怪人，

这些人不会说话，

大脑袋，

厚嘴唇，

大耳朵，

长头发，

像魔怪一样，

奇丑无比。

他们裸露身躯，

并且都文身，

用野草花枝染成五颜六色，

看不见皮肉。

他们还将乳房画成眼睛形，

肚脐也画成一目，

使人看了非常恐惧。

他们像"多目怪""多头怪"。

这些人住在洞穴之中，

吃洞穴里的虫子。

他们把蚯蚓装到石盆里，

用水洗干净，

在地火中烤吃，

叫"斯克"宴。

非常奇特的是这些人的指甲特别长，
平时卷着，
一甩就能展开，
原来这就是他们的兵器。
他们通过指甲互相拍打，
发出各种声音，
声音就是他们的语言。
恩切布库女神命人
　　把各洞的人都召集过来，
费了很大的劲儿，
才弄清楚这些人的来历。
百年前，这些人生活在陆地，
后被海浪卷进大海，
冲到海岛。
他们在这里生儿育女，
成了这里的岛民。
他们有自己的女罕，
叫"菲格"。
五名女罕打扮得也奇特怪异，
头戴银色珊瑚冠，
身穿彩色蛤蚌服，
闪光耀眼，
威严美观。


德乌咧——　德乌咧——
恩切布库女神告诉这些岛民：
　　"你们不能在这么危险的地方待着，
　　火焰一旦蹿出，
　　你们就会化成灰烬。"
恩切布库女神让五个"菲格"姐妹
　　和岛民上了木筏，
把她们安全地送到陆地。

恩切布库女神又为她们
　　　在堪扎阿林选了一处
　　　　美丽富庶之地，
　　　　安顿下来，
这些岛民组成一个新的艾曼
　　　——"菲格"艾曼，
木克妈妈担任艾曼的首领。
从此，
舒克都哩艾曼的人众，
全心治理海疆。
海疆富足美丽，
成了舒克都哩艾曼的一朵鲜花。


德乌咧——　德乌咧——
事情并不一帆风顺。
陆地的人乍上海岛，
驾驭不了海的狂暴，
不辨潮汐，
不识海涛，
常常丧生海底，
　　　浮尸无数……
恩切布库女神心中悲伤难抑。
为了祭奠死去的亲灵，
她率众举行了盛况空前的海祭，
拜祭淫威肆虐的海神，
拜祭拯救生灵的鱼神，
拜祭吹拂恩爱的风神，
拜祭为征服海域遇难的
　　　珊音赫赫、珊音哈哈。
恩切布库女神和族众
　　　敲响鼙鼓，
　　　跳起裸舞，

长筏火旺，
拍肘豪歌，
拿起一箩箩
　　　　鱼虾、野花、珊瑚，
抛向大海，
诚愿神灵和亡灵品享。
从此，
世上留下了向大海投掷供品的习俗。
海祭常用陆上野牲、野果敬神，
又留下了向大海投撒鲜牲、鲜禽之习。
千百年来，
永不更改。


德乌咧——　德乌咧——
恩切布库女神见族众因为
　　　　食用一些尘埃霉酵之物，
　　　　受风寒雪雹、
　　　　湿寒沼气的熏染，
　　　　落下各种疾病，
　　　　短命去世。
而且，
由于生活的艰辛，
没有温饱，
疾病更多。
人未老，
病沉疴，
十岁聋哑，
目力若盲；
二十岁驼背、罗足，
行路蹒跚；
三十岁齿落白髯，
已现耄耋之态；

四十岁已成高寿，

难越半百；

个别半百之人，

被视为年瑞之寿。

恩切布库女神非常心痛，

想方设法寻找"尼克坦""西克坦"①，

寻找灵丹妙药，

使族众寿命延长，

使疾病不能蔓延。

"菲格"五姐妹告诉恩切布库女神，

她们住过的海岛就有各种神奇草药。

她们久居岛上，

与外界没有联系，

全仗吃这些神奇草药，

才治愈各种疾病，

救活人众。

"菲格"五姐妹领着艾曼的人，

摇着海舟到数百里的深海，

一个海岛一个海岛地

采集圣药。

海中很多珍贵植物、矿物和鱼类，

都是宝贵的药材。

可以医治百病，

屡用不爽。

"蔓可星"可以治昏厥，

"色尔丹"可以治疥疠，

"都布辣"治难产，

"留松"治骨折，

"狼毒"治癫痫，

"板吉坎"可以使人长寿，

"美立它"治小儿聋哑。

---

① 尼克坦、西克坦：满语，长生不老药。

夏天采"蔓可星""都布辣""留松"，
秋天采"板吉坎""美立它"，
四季皆可采集"狼毒"和海中的百宝。
恩切布库女神领着众人
　　除了采集海中生物的肉骨皮毛之外，
　　还采集海藻、海草、
　　海卉、石胆、
　　珊瑚、海虫，
　　加工晾晒，
　　泡制成药。
艾曼的人众吃了海中圣药，
百病不生，
寿命增加，
齐赞女神救世神功。


德乌咧──　德乌咧──
话说海中有一棒槌长岛，
地处高山之巅，
冬日冰封百里，
素有"雪岛"之称。
岛上住着长耳人，
长脚人，
长臂人，
长脸人。
有人发长脱地，
有人额上三眼，
有人耳上缠蛇，
有人腕上缠蛇，
有人胸中生日月，
夜晚照光明，
这是百怪之国，
这是奇民之国。

当年，恩切布库女神率众
　　征服堪扎阿林一带，
被追杀的三耳野魔
　　逃到了棒槌长岛。
他们制服了百怪之国的奇民，
　　霸占了棒槌长岛。
三耳野魔刻记着
　　恩切布库女神对自己的征杀，
　　念念不忘报仇雪恨。
恶魔耶鲁里虽被恩切布库女神
　　化形的火珠追烧，
　　狼狈逃进地窟，
　　但他贼心不死，
　　日夜企盼重返世间，
　　重新把恩切布库女神打入地心。
他获悉三耳野魔的复仇计划，
　　兴奋不已。
他要助三耳野魔一臂之力，
　　以解自己心头之恨。


德乌咧—— 　德乌咧——
恩切布库女神最早捕捉野兽，
驯养叫"古鲁阔"，
捕捉野狗，
驯养叫"音达浑"。
舒克都哩艾曼的族众
　　又在山外见到了一种
　　　　叫作"莫林"的怪兽。
此怪兽毛色美丽，
四蹄生风，
长鬃抖抖，
奔跑如飞。

他们用皮网围截，
捉回来十匹"莫林"怪兽。
恩切布库将这种莫林怪兽叫作"莫林马"，
命族众习学骑术。
从此，舒克都哩艾曼的族众
　　都认识了莫林马，
　　都会乘骑莫林马。
　　道路再不遥远，
　　雪路再不难行，
　　沟壑再不难越，
　　溪涧再不难跨。
莫林马给人远行的神力，
莫林马给人无畏的神功。
人可以像雄鹰一样
　　翱翔在堪扎阿林的
　　　　千山万水之间，
　　自由自在，
　　任意驰骋。
恩切布库女神和族众
　　学会养育莫林神骏，
舒克都哩艾曼的莫林马
　　不久已繁衍无数。
每个艾曼都有自己养育的莫林骏马，
每个妈妈都有自己的莫林神骏。
恩切布库自己骑用神骏两匹，
终日轮换骑乘，
使神骏不过于疲劳，
永远有备无患。


德乌咧——　德乌咧——
这天夜半三更时分，
雪岛三耳野魔率族众

杀向舒克都哩艾曼，
耶鲁里喷出了
　　黑风乌水，
　　天地昏暗，
　　地动山摇。
艾曼处处像炸了营的蜂巢，
　　艾曼处处像乱了阵的蚁穴，
欢乐的舒克都哩艾曼
　　顿时一片狼藉，
富饶的舒克都哩艾曼
　　顿时一片凋零。
夹昆妈妈死于惨祸，
塔思哈妈妈丧于大海，
木克妈妈和众精灵妈妈
　　被囚困在莽林。
血腥与泪水在艾曼横溢。


德乌咧——　德乌咧——
在这万分危急时刻，
恩切布库女神骑着双骏从高天走来，
从容不迫，
向三耳魔怪宣战。
恩切布库女神为了战胜三耳野魔，
不顾疼痛，
把自己的眼睛抛向了天空。
恩切布库女神的眼睛
　　是太阳的化身，
　　是地心火焰熬炼而成。
温暖的阳光照彻大地，
蒸发了耶鲁里的污浊恶水。
大地重见光明，
大地重又温暖。

恩切布库女神又把自己的头发
　　　　抛向了天穹。
女神的头发
　　　　乃是地火、浓烟熬炼而成。
头发变成了一道道顶天立地的
　　　　挡风墙和收风袋，
把耶鲁里喷出的恶风挡在墙外，
　　　　收入收风袋。
大地顿时没有飞沙走石，
　　　　没有雷鸣闪电。
恶魔耶鲁里被黑发绳索捆绑，
　　　　无法挣脱，
　　　　眼看就要被擒。

他急中生智，
使了个缩身法，
从恩切布库的法绳里挣脱出来，
　　　　逃进地牢。
三耳野魔没有耶鲁里撑腰，
　　　　顿时像泄了气的皮球。
舒克都哩艾曼的人众
　　　　越战越勇，
最后，将三耳野魔及剩下的少数喽罗
　　　　团团包围。
愤怒的舒克都哩艾曼的人众
　　　　发誓要为夹昆妈妈报仇，
　　　　为塔思哈妈妈报仇，
　　　　为舒克都哩艾曼所有受害的
　　　　　　弟兄们报仇。
他们举着燃烧的火把，
拿起锐利的石矛、石斧、
　　　　石枪、石刀，
找出尖利的木矛、骨针，
杀向三耳野魔，

恨不得喝其血、食其肉，
将他剁成肉泥。
雪岛的族众
　　为了保卫自己的首领，
　　摩拳擦掌，
　　怒目横眉，
　　剑拔弩张，
　　要与舒克都哩艾曼的族众
　　　　决一死战。
恩切布库女神
　　以慈爱之心，
　　怜悯之情，
　　婉言阻劝：
　　　　"住手吧！
　　　　仇越结越深，
　　　　火越烧越旺。
　　　　怨恨宜解不宜结，
　　　　新仇宜消不宜记。
　　　　不管是雪岛的族众，
　　　　还是堪扎阿林的族众，
　　　　都是阿布卡赫赫的好儿女，
　　　　都是手足相亲的好兄弟。
　　　　咱们要团结和睦，
　　　　永世和好，
　　　　世世代代相提携，
　　　　世世代代息戈戒兵。
　　　　咱们不能再手足相残，
　　　　不能再做亲者痛、
　　　　仇者快的事了。
　　　　夹昆妈妈、塔思哈妈妈，
　　　　用生命的代价，
　　　　换回了血的教训，
　　　　咱们要世代牢记，

不能再仇杀了。"


德乌咧——　德乌咧——
恩切布库女神的一番话，
平息了舒克都哩艾曼族众
　　　复仇的怒火。
恩切布库女神被族人搀扶着
　　　来到三耳野魔身边，
　　　把捆绑他们的皮绳解开。
三耳野魔激动地跪在了地上，
雪岛的族众也都跪到了恩切布库面前。
舒克都哩艾曼的族众
　　　宽恕了三耳野魔，
他们握手言和，
　　　相互拥抱。
按照传统古习，
他们舀来井中的清水。
用刀划开自己的额头，
将血滴入石盆中，
面向太阳，
跪向大地，
每人痛饮一口血水，
象征着和睦、友好，
心心相印，
肝胆相照。
三耳野魔跪在地上
　　　向恩切布库女神忏悔、请罪。
两个艾曼的族众
　　　互相致歉、
　　　懊悔自愧。
这时，恩切布库女神
　　　双眼变成的两个太阳，

能量已经烧完，

天空昏暗下来。

恩切布库女神的体魄开始消失，

恩切布库女神的心灵之火全部耗尽。

令人尊敬的恩切布库女神

为了拯救人类，

献出了自己的全部心血和生命之火。

在艾曼重归于好，

兄弟欢聚的时候，

恩切布库女神闭上了双眼，

魂魄重返天母阿布卡赫赫身边。

她离开了舒克都哩艾曼的族众，

离开了所有善良的人，

正义的人。

艾曼人齐为恩切布库女神悲伤，

艾曼人齐为恩切布库女神痛哭。

恩切布库女神双目失明，

骑着双骥，

奔走在宇内

为人类操劳。

马给她光明，

给她力量。

在萨满的圣祭中，

在萨满的神坛上，

神鼓不停，

奉祀不息……

恩切布库女神，

又尊为"奥都①妈妈"，

千秋万代，

活在北方民众心中。

---

① 奥都：满语，双骑。

# 后　　记

　　满族说部《恩切布库》，经过我们家三十多年的存藏，今天终于面世了。说来它还是"文革"以后，富育光先生应我父母之邀，给我们全家讲述满族传统民间故事，由姐姐录制下来的。当时我们姐妹虽然年龄小，但都被恩切布库这位聪慧、俊美、无敌的拯世女神所深深吸引和感动。

　　恩切布库是位光辉的创世女神，她是满族及其女真人最初的创世母神，是阿布卡赫赫、巴娜姆赫赫、卧勒多赫赫与恶魔耶鲁里争斗的《天宫大战》中的创世神，为了拯救人类，为了大地生命的复活，阿布卡赫赫的侍女嘎思哈——白鹊女神传阿布卡赫赫口喻，命恩切布库伴着春雷、春风、春雨，从地心千丈熔岩中迸发而出，复生于地上的花蕊中，陡然成长为顶天立地的大英雄，率领大地上的芸芸众生，开疆辟土，缔造家园，从此，大地上除了有百兽、千禽、万虫、无以计数的花草生灵外，还有了叱咤风云、顶天立地、主宰寰宇的人类。看看，这是多么优美动听的古神话啊。我们全家多少年来都在为这位美丽而伟大的女神而感动，也深深地为在中国北方有满族先世所保留下来的如此优美动听、感人肺腑的古神话所倾倒。至此，我从小到大四十余年来，无时无刻不在咏念着恩切布库女神，她始终给我以力量，给我以生活的信心，给我以无限的乐观和无穷的毅力。父亲在世时，就曾嘱咐过我们姐妹，人活着就应该有恩切布库这样的精神，你们一定要设法把你富叔给你们讲过的这些故事好好认真地整理出来，待有机会时公开发表，让他传播于世，让更多的人享得恩切布库的光辉。

　　真是万万没想到，时隔多年，我遇到了贵人，吉林省文化厅的领导与尊敬的原吉林省委副书记谷长春先生、原文化厅厅长吴景春先生、原吉林省艺术研究所所长荆文礼老师等。他们组建了吉林省中国满族传统说部艺术集成编委会，出版了我整理的满族说部《雪妃娘娘和包鲁嘎汗》。之后，我又将已珍藏多年、心爱的满族创世神话《恩切布库》存稿，重新从我的书柜中取了出来，结合过去的录音带对照整理，后期，又请富育光先生到我家认真地核对、校订并做了部分情节补充。在这里我不能不提的是我在读中学的儿子斯航，在整理过程中，是他帮助我调试电脑、校对文稿，使《恩切布库》这部具有震撼力的满族口头遗产顺利完稿。

经过五年多的满族说部整理，使我仿佛进入北方民族大学的课堂，受益匪浅，也使我更加热爱北方民族的历史和文化。我坚信，《恩切布库》故事会赢得广大读者的喜爱与传讲。在整理过程中，我始终坚持忠实记录、力求保持讲述者的原貌，不追求篇幅、不随心所欲地乱加文字，但终因本人对北方民族生活知识占有较少，尚有诸多不足，请多多指正。

整理者<br>二〇〇七年六月十五日